BUR

Biblioteca Universale Rizzoli

Maria Venturi in BUR

Addio e ritorno
Un'altra storia
L'amante è finita
L'amore s'impara
L'amore stretto
Caro amore
Chi perdona ha vinto
Il cielo non cade mai
Da quando mi lasciasti
La donna per legare il sole
Incantesimo
In punta di cuore
Mia per sempre
La moglie addosso
La moglie nella cornice
Il nuovo incantesimo
Il rumore dei ricordi
Storia d'amore
La storia spezzata

MARIA VENTURI

Il rumore dei ricordi

BUR

NARRATIVA

ISBN 88-17-20267-3

Prima edizione Superbur Narrativa: giugno 1999
Decima edizione BUR Narrativa: maggio 2005

Il rumore dei ricordi

Parte Prima

Non mi chiedo mai perché ho commesso tanti sbagli: il giorno in cui lo comprendessi, troverei l'ardire o le giustificazioni per rifare le stesse cose.

George Sand

I

Forse aveva disegnato un cane che sembrava un pollo. O raccontato una favola cambiando un particolare. O scordato una promessa: era impossibile risalire con precisione all'episodio che l'aveva smascherata quale madre imperfetta, ma Linda ricordava bene che sua figlia aveva soltanto quattro anni quando nei suoi piccoli occhi era apparsa per la prima volta quella luce di animosità e disapprovazione.

Adesso, a quattordici e mezzo, Carlotta disapprovava pressoché tutto ciò che lei faceva o diceva. Il divorzio dal primo marito, suo padre, e l'abbandono del secondo l'avevano evidentemente portata alla certezza di avere per madre una donna senza qualità: incapace persino di tenersi un uomo.

«Sto parlando con te, mamma. Mi vuoi ascoltare?»

«Ho sentito benissimo. Questa camicetta non ti piace e...»

«Questa camicetta *fa schifo*.»

«D'accordo, domani andrò a cambiarla. Credo che l'argomento sia chiuso.»

«Come hai potuto pensare che la mettessi?»

Linda lanciò un'occhiata all'amica Sara, ma Nostra Signora Psicologa sembrava immersa nella lettura di un giornale, e riportò lo sguardo sulla figlia.

«A me sembrava carina, ma a quanto pare non abbiamo gli stessi gusti.»

«Tu non hai gusto, è risaputo. Quante volte ti ho chiesto di non comperarmi niente se non ci sono io a scegliere?»

«Cercherò di ricordarlo. Alla mia età la memoria comincia a perdere colpi, è *risaputo*.»

Le labbra di Carlotta si piegarono in una smorfia. «Credi di essere spiritosa?» Girò le spalle e uscì dalla stanza.

Sara sollevò la testa dal giornale. «Hai sbagliato tutto, Linda.»

«Ti riferisci alla mia vita oppure all'acquisto della camicetta?»

«Devi smetterla di trattare Carlotta come se fosse la tua più agguerrita antagonista.»

«Sicuramente è il più incalzante attentato alla mia autostima. Se la lasciassi fare, mi ridurrebbe a pezzi.»

«Dovresti *lasciarla fare*, questo è il punto.»

Linda sbarrò gli occhi. «Ho capito bene? Dovrei convincermi di essere la nullità che mia figlia crede?»

«Questo è difficile, data l'ottima opinione che hai di te stessa.»

«Lo dici come se fossi una pazza che crede di essere la sorella di Napoleone.»

Sara allungò la mano verso il pacchetto delle sigarette. Ne accese una e aspirò lentamente la prima boccata. «Carlotta si sente in colpa perché non riesce a provare dispiacere e pena per te.»

«Che cos'è, una nuova scuola psicologica? Da quando in qua un bravo genitore deve suscitare questi sentimenti nei figli?»

«Da sempre. I bravi genitori non sono esseri invincibili risparmiati da fallimenti e amarezze. Ed è giusto che...»

«In questo senso» Linda la interruppe con sarcasmo «io sono una testimone eccellente.»

«E allora perché non permetti a Carlotta di soffrirne con te? Perché ti ostini ad apparirle come una specie di inarrestabile panzer?»

«Sinceramente: sono convinta che minimizzare quanto è successo e sta succedendo sia il modo migliore per salvaguardare la sua serenità.»

«Ma quale serenità? Suo padre ha avuto un altro figlio dalla nuova moglie, il tuo secondo marito ti ha lasciato per un'altra donna, il tribunale dei minori non ti ritiene più idonea all'adozione del bambino che avevate avuto in affidamento. Non bastasse, stai rischiando di perdere il posto di lavoro. Carlotta non è più una bambina, Linda, e capisce molto bene quello che sta succedendo.»

«Proprio per questo mi sforzo di apparirle fiduciosa e serena.

«Il risultato è che le appari incosciente e insensibile.»

«Meglio che farle pena.»

«*Meglio* per lei o per te?»

Linda strinse le labbra. «Sento un'altra cattiveria in arrivo. Forza, amica.»

«Lasciamo perdere.»

«E perché? Lancia pure il sasso, non mi ucciderai di certo.»

«Già. Linda l'imbattibile, Linda l'inarrestabile. Da quanti anni ti sei costruita questa granitica corazza?»

«È incredibile! I pazienti ti pagano parcelle milionarie perché li aiuti a trovare uno straccio di autostima, e tu vorresti distruggere gratis la mia!»

«Vorrei soltanto che ti decidessi a guardare in faccia la realtà e ad ammettere le tue fragilità e i tuoi errori.»

«Quando avrò bisogno del tuo aiuto, chiederò alla tua segretaria di fissarmi un appuntamento.»

«Ti stai facendo il deserto intorno, Linda.»

«Se parli dei miei ex mariti, sai bene quanto me che Antonio era una nullità e Fabio uno stronzo. Considero la loro perdita una grandissima fortuna.»

«Detto da amica, non ho mai capito perché li hai sposati.»

«E detto dalla psicologa?»

«Non hai mai avuto bisogno delle mie opinioni e dei miei consigli.»

C'era una nota di risentimento nella sua voce. E più tardi, quando si sedettero a tavola per la cena, Sara scherzò con Francesco e chiacchierò con Carlotta evitando con cura di guardare l'amica.

«Sei sicura che non sia lesbica?» ridacchiava Fabio. Il suo secondo marito non brillava per finezza di pensiero e di linguaggio, Linda ricordò allungandosi nella vasca da bagno. Ma doveva onestamente ammettere che non era stata l'unica persona con cui aveva dovuto scontrarsi per difendere Sara.

In testa a tutte figurava sua madre. «Non fidarti! *È invidiosa di te!*» Aveva cominciato a dirglielo ai tempi della scuola media, quando si erano conosciute, e ancora glielo ripeteva: incrollabilmente certa che dietro tutti i colpi di testa della figlia vi fosse l'infida regia dell'amica che aizzava e plagiava.

In realtà l'amica le aveva sempre fatto le stesse prediche di sua madre, usando addirittura le identiche parole per deplorare o per metterla in guardia: ma l'essere mal giudicata sembrava purtroppo la condanna di Sara. Persino l'attaccamento al lavoro e il successo che aveva raggiunto come psicologa le si ritorcevano contro: non mancavano i maligni che, come Fabio, commentavano con insinuazioni e battutacce il suo evidente disinteresse per il matrimonio. Antonio, più benevolmente, riteneva che si fosse votata alla carriera perché nessun uomo l'aveva voluta sposare.

Il pensiero del primo marito riportò Linda alla misera realtà del presente. Il relax del bagno era terminato e così pure la tregua del fine settimana, quando poteva alzare il telefono senza temere che a chiamarla fossero l'assistente sociale o il direttore della banca. L'indomani, lunedì, tutti i problemi accantonati in quei due giorni si sarebbero ripresentati.

Il più urgente era rientrare nel conto, ormai scoperto di otto milioni. Più o meno la cifra che lei aveva anticipato per il dentista di Carlotta, gli occhiali, la retta della scuola, i libri e il nuovo equipaggiamento da sci: i famigerati "extra" che erano a carico di Antonio e che da settimane lei gli stava vanamente chiedendo. Era la prima volta che lo faceva da quando erano divorziati, ma quel mese non aveva ancora preso lo stipendio e il suo stesso posto di lavoro era in pericolo. E non si illudeva certo che a trentotto anni, la sua età, sarebbe stato facile trovarne un altro.

Il panico la fece rizzare sulla vasca come una molla. Non voglio pensarci adesso, si impose, tornando a immergersi nell'acqua. Carlotta e Francesco dormivano, sua madre le aveva già fatto la rituale telefonata della settimana e le restava ancora una notte tranquilla prima di doversi buttare nel corpo a corpo con i guai. Per le prossime dieci ore, nessuno l'avrebbe disturbata o raggiunta.

Premette il pulsante dell'idromassaggio e si allungò nella vasca cercando di concentrarsi sulla piacevole sensazione dei getti d'acqua che premevano sotto i talloni e lungo la spina dorsale.

"Abbiamo l'automobile che va a pezzi! Non potevi cambiarla, invece di prendere questa stupida vasca?" Ricordando il commento di Carlotta all'epoca dell'acquisto, Linda si stupì di essere andata su tutte le furie. Lei, per prima, sapeva di aver fatto una spesa inutile, e invece di assalire la figlia avrebbe dovuto ammettere la propria sconsideratezza. La verità è che non sopporto di essere criticata, pensò girandosi su un fianco per orientare il getto verso la pancia.

È così grave che io mi ritenga una donna intelligente, leale, costruttiva, spiritosa, forte e che mi mandi in bestia il non vedermelo riconosciuto dalle persone che amo? Io sono *davvero* come mi considero. E fuori casa tutti mi apprezzano e mi ammirano.

"È perché sai recitare benissimo la parte della simpaticona." Ancora Carlotta. Linda si rivoltò nervosamente sull'altro fianco. Di quale colpa si era macchiata perché quella ragazzina le fosse tanto ostile? Nessuna delle madri che conosceva aveva con le figlie un rapporto conflittuale e faticoso come il suo. Anzi: lei vedeva solamente adolescenti rispettose, piene di premure e di affetto.

Il mostro sono io oppure è Carlotta? si chiese. Nessuna delle due, si rispose immediatamente. Stanchezza e preoccupazioni mi fanno vedere tutto nero mentre dovrei ringraziare il cielo per avermi preservata da veri drammi. Ho forse un figlio che si droga oppure colpito da un male incurabile? Un incidente mi ha forse ridotto in carrozzella, invalida per sempre? Viviamo forse senza un tetto sulla testa, lottando contro miseria e fame? Niente di tutto questo. E allora datti una regolata e ridimensiona i tuoi problemucci, si impose.

Aveva speso tre milioni per seguire un corso di rilassamento fisico e dinamiche mentali. Benché dopo la sesta lezione il sedicente psichiatra americano William Butler fosse sparito nel nulla insieme con la targhetta della scuola, non rimpiangeva affatto i soldi spesi. Chiunque quell'uomo e la sua giovane assistente fossero, le avevano insegnato a *pensare in positivo*. E con buona pace del dissacrante sarcasmo di Sara, buonsenso e volontà non bastavano affatto allo scopo.

Occorreva *attivare* un meccanismo mentale facendo leva su dinamiche rigorosamente prestabilite che soltanto con il tempo diventavano istintive. Lei non aveva ancora raggiunto questo traguardo, e così si spiegava la crisi di ansia e di depressione che l'aveva appena colpita.

Linda spense l'idromassaggio e chiuse gli occhi: la presa di contatto con il cervello esigeva assenza di rumore e massima concentrazione. Incrociò le dita sul ventre e cominciò a premerle e a sollevarle impostando una respirazione corretta. «Butto fuori negatività e immetto energia» recitò con diligenza. Mai affrontare un problema con il corpo inquinato dalla stanchezza: era la regola basilare.

Quando si sentì completamente rilassata, passò alla fase successiva: il raggiungimento dell'incorporeità. Era la seconda regola: solamente se liberata da ogni condizionamento e gravame fisico la mente poteva librarsi verso la verità e la gioia. "Il mio corpo tace. Non sento più i piedi, non sento più i polpacci, non sento più..."

«Mamma, stai male?» La voce di Carlotta, una mano la scuoteva.

Linda si sollevò bruscamente. Da quanto tempo si era addormentata? «Sto benissimo» rispose in fretta. «Facevo un bagno.»

«A quest'ora?»

«Che ore sono?»

«Quasi mezzanotte. Dovresti andare a letto, se domani non vuoi sentirti come uno zombie.»

«Vado subito.» Linda uscì dalla vasca e si avvolse nell'accappatoio. Rivolse un cauto sorriso a Carlotta. «Mi ero addormentata.»

«Non ho più sentito il rumore dell'idromassaggio e credevo che ti fosse successo qualcosa.»

«Oh, oh, mia figlia che si preoccupa per me!»

«Ti ricordi che domani pomeriggio alle cinque viene l'assistente sociale?»

«Certamente.»

«Sono preoccupata per Francesco, mamma. Sarebbe orribile se ce lo portassero via.»

«Non devi nemmeno pensarlo.»

«E invece ci penso, eccome. In Italia non fanno mai adottare i bambini a una donna senza marito.»

«Quando ci hanno dato Francesco in affidamento ero una donna sposata. È assurdo che dopo quattro anni lo rimandino in un istituto o lo diano a un'altra famiglia.»

«Noi non siamo *una famiglia*, mamma.»

«Soltanto perché in questa casa manca un uomo? Sbagli. Siamo una madre e due figli, e sfido chiunque a...»

«L'importante è che tu convinca il giudice.»

«Per me è importante soprattutto che ne sia convinta tu.»

Carlotta si strinse nelle spalle. «Il tuo secondo marito non mi manca, se è questo che vuoi dire. E non manca neppure a Francesco. Era sempre via e se ne fregava di noi.»

«Questo non è vero.»

«Perché vuoi difenderlo, mamma? Fabio non era mio padre, e anche io me ne fregavo di lui. Mi dispiace che se ne sia andato soltanto per te.»

«Non è stata una gran perdita» Linda ammise.

«L'altro giorno l'ho visto con la sua americana. È una vecchietta *mostruosa*.»

«Ha soltanto cinque anni più di me, Carlotta!

«Sembra tua madre. E tu sei cento volte più bella. Non capisco come Fabio abbia potuto lasciarti per una così.»

Linda arrossì di piacere. «Possiede una galleria d'arte ed è *cento volte* più ricca di me. Per un pittore, è la donna dei sogni.» Non volendo guastare quei momenti di rara intesa, si affrettò ad aggiungere: «Non parliamone più. Ti dispiacerebbe prepararmi un latte caldo mentre mi asciugo i capelli?»

«Vado subito.» Fece per muoversi, ma si fermò esitante. «Non chiuderanno la tua agenzia, vero, mamma? Se restassi disoccupata, il giudice avrebbe un motivo in più per non lasciarci Francesco.»

Non preoccuparti, Linda stava per dirle. Ma si trattenne per tempo: sua figlia *era* preoccupata, e non cercava rassicurazioni generiche. «Tutto dipende dalla moglie e dai figli del signor Attilio, e cioè dai suoi eredi» spiegò.

«Questo lo so già, mamma. Non hanno ancora deciso niente?»

«Purtroppo no. Domattina dovremmo avere un incontro con il figlio, ma è la terza volta che viene rimandato.» Vedendo il volto teso della figlia, si affrettò ad aggiungere: «Questo potrebbe essere un buon segno!»

«In che senso?»

«Se dopo due mesi gli eredi non sanno ancora che cosa fare, significa che chiudere l'agenzia non gli sembra la decisione più conveniente o l'unica possibile. E finché hanno dei dubbi c'è speranza.»

«Tu sei sempre stata ottimista, mamma.»

Per la prima volta glielo diceva col tono della constatazione, senza alcuna nota polemica, e Linda si guardò bene dal replicare con il solito elogio del pensare in positivo. «Spero che non succeda nulla, però so che da un momento all'altro potrei restare senza lavoro» ammise con sincerità.

«Vado a scaldarti il latte. Ti aspetto in cucina, non fare tardi.»

Linda attaccò la spina del phon e mentre asciugava i capelli si sorprese a canticchiare. Da quanto tempo Carlotta non si mostrava tanto premurosa e carina? *Tu sei cento volte più bella...* Se a farle quel complimento fosse stato Tom Cruise, non avrebbe potuto sentirsi più sorpresa e felice. Tutte le sue preoccupazioni erano svanite e nemmeno il pensiero dell'incombente lunedì riuscì a turbarla.

Perché mai tutto avrebbe dovuto andare storto? La paura le aveva sconvolto la mente spingendola a prospettarsi il peggio quale unica e ineluttabile realtà. E invece, come il dottor Butler ripeteva, il peggio rappresentava l'eccezionalità.

Era *impensabile* che Antonio, dopo l'ultima telefonata che gli aveva fatto venerdì pomeriggio, si fosse dimenticato di accreditarle i soldi in banca. Era *pazzesco* che le visite dell'assistente sociale mirassero a strappare un bambino dalla famiglia che l'aveva accolto a due mesi d'età e nella quale viveva serenamente da quattro anni. Era *disfattistico* dare per certa la chiusura di una agenzia immobiliare che persino nell'ultimo anno, il più critico, aveva dato un utile di ottanta milioni.

E in ogni caso, Linda si disse staccando la spina del phon, era abbastanza forte per affrontare il peggio senza abbattersi. Sono persino *bella*, si disse con allegria facendo una smorfia davanti allo specchio.

Raggiunse la figlia in cucina. Carlotta aveva già versato il latte e messo due tovagliette sotto alle tazze. «Mi è venuta fame» disse sgranocchiando un grissino.

«Anche a me.» Prese dall'armadietto una scatola di wafers e la mise sul tavolo. «Questi sono meglio dei grissini» rise.

Rise anche Carlotta. «Domani sarò piena di brufoli, tanto vale mettere un po' di cacao nel latte.»

«Domani sarai morta di sonno. Sono una madre incosciente, invece di spedirti a letto ti tengo alzata a gozzovigliare!»

II

A cinque anni voleva fare l'astronauta, a dieci il maestro di sci, a sedici il giornalista. Alla fine del liceo Matteo Morelli aveva avuto ben chiaro soltanto ciò che non intendeva assolutamente fare: entrare nell'agenzia immobiliare di suo padre. Si era iscritto senza molta convinzione alla facoltà di Giurisprudenza, ma un connaturato senso del dovere e l'incontro con Anna l'avevano spinto a dare puntualmente tutti gli esami.

Anna era stata la prima e ultima donna a risvegliare in lui il desiderio del matrimonio. E non appena laureato, proprio per poterla sposare al più presto, aveva afferrato al volo la sola opportunità di lavoro che gli si era presentata: entrare nell'ufficio legale di una banca. Un colpo di fortuna, a detta dei suoi compagni di università. Un colpo di spugna a tutte le ambizioni, per come la vedeva lui. Ma vivere con Anna valeva qualunque sacrificio.

Con il passare dei mesi la sua passione si era via via ridimensionata fino a spegnersi. Lasciare la sua ragazza gli era stato assai più facile che lasciare la banca: toccata con mano la difficoltà di trovare un posto più gratificante, aveva cercato di migliorare la propria posizione smettendo di considerarla un temporaneo ripiego. Una volta accettata la situazione, si era messo a lavorare con un coinvolgimento e un impegno che nel corso degli anni gli avevano procurato i dovuti riconoscimenti. Pur consapevole di non aver raggiunto il massimo, si riteneva sufficientemente appagato da ciò che faceva e da quanto guadagnava. Il posto fisso presentava molti vantaggi rispetto alla libera professione, primo tra tutti quello di staccare con il lavoro nel momento in cui usciva dall'ufficio.

L'improvvisa morte del padre lo costringeva a rimettere tutto in gioco. L'agenzia immobiliare dalla quale aveva recisamente preso le distanze alla fine del liceo adesso gli apparteneva per un terzo, ma il deciderne la sorte dipendeva soltanto da lui, visto che né sua madre né sua sorella avevano il desiderio o la capacità di trasformarsi in donne d'affari. Vendere i locali e la licenza gli era subito sembrata la soluzione ottimale, ma dopo un mese di contatti e di trattative il commercialista lo aveva messo di fronte alla scoraggiante realtà: le persone interessate all'acquisto si erano fatte avanti con la certezza di trovarsi di fronte ai soliti eredi smaniosi di realizzare al più presto e, una volta appurato che non era così, avevano ritirato l'offerta.

La seconda soluzione, affidare la gestione dell'agenzia nell'attesa di venderla a un prezzo equo, si rivelava impraticabile in partenza: ammesso che si fosse trovata una persona responsabile e capace, certamente non avrebbe accettato un incarico a termine e comunque precario. A quel punto le vie d'uscita che restavano a Matteo erano solamente due: chiudere i battenti e mettere sul mercato l'immobile senza fretta di realizzare, oppure dimettersi dalla banca e proseguire l'attività paterna assumendo la direzione dell'agenzia in prima persona.

Optando per quest'ultima decisione ne avrebbe senz'altro tratto un vantaggio economico. Ma a quale prezzo? Suo padre aveva lasciato un'azienda rimasta ferma ai tempi in cui nonno Giacomo l'aveva fondata: i mobili erano gli stessi di allora, non esistevano computer né banca dati, l'età media dei venditori era sulla cinquantina. Fatto salvo il buon nome di cui l'agenzia godeva, tutto era da svecchiare e riorganizzare. E questo significava un consistente investimento in danaro e fatica.

A trent'anni Matteo si trovava di fronte alla prospettiva di rivoluzionare i propri equilibri e la propria vita. E non era affatto sicuro di desiderarlo. Quella mattina stessa, tra due ore, avrebbe dovuto dare una risposta definitiva ai dipendenti e ancora non sapeva quale.

La verità era che, nelle settimane trascorse dalla morte del padre, aveva aggirato il problema con l'intima certezza che l'istinto, gli eventi o l'imprevisto gli sarebbero venuti in soccorso risolvendolo al posto suo. Anziché ostinarsi a riflettere aveva compiuto l'atto di fede nell'illuminazione del caso. E d'un tratto si rendeva conto che neppure la quotidianità gli aveva offerto il benché minimo appiglio.

In banca non vi erano stati scontri o problemi tali da fargli desiderare di dimettersi, né aveva avuto delle gratificazioni inaspettate che, per contro, lo avrebbero potuto spingere a rimanere. L'attività dell'agenzia era proseguita senza registrare incrementi incoraggianti né cali significativi. Sua madre e sua sorella si erano guardate bene dall'esercitare una qualunque pressione su di lui e persino Isabella, la sua ragazza, gli aveva risparmiato i consigli di cui era solitamente prodiga: se si fossero mostrate meno distaccate, lui almeno avrebbe potuto contraddire e discutere.

E ora si sentiva con le spalle al muro, costretto a fare in due ore una scelta che aveva rimandato per oltre un mese.

Finì di radersi e tornò in camera da letto per vestirsi. Isabella si era svegliata. Stava nuda davanti all'armadio spalancato, le braccia allargate sulle ante e l'aria assorta.

«È un nuovo esercizio di yoga?» Matteo scherzò.

«Sto cercando qualcosa da mettermi.»

«Il tuo vestito di ieri sera che fine ha fatto?»

«Vuoi che vada all'università con una scollacciata tunichetta di chiffon nero?»

«Credo che nessun professore protesterebbe.»

«La settimana scorsa avevo lasciato qui una maglietta e un paio di jeans. Sono spariti.»

Matteo indicò il comò. «Li ho messi nell'ultimo cassetto.»

«Ogni cosa al suo posto e un posto per ogni cosa!» Isabella declamò in tono irridente.

«C'è qualcosa di male nell'amare l'ordine?»

«No. Però tu sei maniaco, un coatto. Conosci il piacere di gettare una cosa dove capita? O la libertà di schiacciare un mozzicone nelle tazzine del caffè?»

«Non fumo. E conosco libertà e piaceri più stimolanti.»

«La verità è che sei rimasto il bravo e ordinato bambino allevato da mammà» replicò Isabella curvandosi sul cassetto per prendere jeans e maglietta. Si sollevò con una smorfia, agitandoli come trofei. «Lavati e stirati! Chi devo ringraziare?»

Matteo decise di troncare ogni tentativo di polemica. «Il servizio cortesia offerto dalla casa. Se ti sposti, dovrei prendere la biancheria pulita.»

Isabella si fece da una parte, ma rimase a guardarlo mentre apriva il primo cassetto del comò ed estraeva slip e canottiera da due file perfettamente ripiegate e impilate. Fece un'altra smorfia. «Ogni cosa al suo posto e un...»

«L'hai già detto» la interruppe Matteo.

«L'eccesso di ordine è segno di rigidità mentale.»

«Lo riferirò a mia madre e a Natalina. Come ben sai, sono loro che si occupano di tutto.»

«Non potresti assumere una domestica a ore?»

«E che vantaggio ne avrei?»

«Ti sentiresti finalmente libero e padrone a casa tua. Non ha senso che tu viva da solo quando poi tua madre e la vecchia tata continuano a tenerti in ostaggio. In ogni angolo c'è il segno della loro amorosa e implacabile organizzazione. A volte ho l'impressione di vederle sbucare da sotto il letto!»

«In effetti la tata si infila anche lì, ma soltanto per pulire. E alle cinque del pomeriggio se ne va.»

«Non è un po' troppo vecchia per occuparsi di due case?»

«Natalina ha sessantacinque anni e energie da vendere.»

Isabella strinse le labbra. «Però è da quasi cinquanta che vi fa la serva, e forse è arrivata l'ora di...»

«Serva?» Matteo la interruppe. «Natalina ha cresciuto mia madre e poi me e mia sorella. Fa parte della nostra famiglia e le vogliamo un bene dell'anima.»

«Girala come vuoi, ma quella poveretta resta un tipico esempio di vecchio sfruttamento ancillare.»

«Vado a preparare la colazione» Matteo tagliò corto. «Cerca di spicciarti, tra poco ho appuntamento con gli impiegati di mio padre.»

Andò in cucina e inserì nella presa la spina della caffettiera elettrica. Dopo pochi istanti una lucina rossa segnalò che nel contenitore mancava la miscela. Ricordò con disappunto di aver dato fondo al barattolo la mattina prima, e purtroppo non aveva inserito il caffè nell'elenco delle spese da fare.

Aprì l'anta dell'armadietto senza troppe speranze, e con spropositato sollievo vide in bella mostra un barattolo nuovo. Posato sopra il coperchio, un bigliettino di sua madre: *Ti ho comperato anche il miele e i biscotti integrali che non erano segnati. Hai bisogno di calze e slip nuovi. Natalina ha portato in tintoria la giacca scozzese e quella grigio ferro perché erano sporche.*

Matteo si affrettò a buttare il biglietto nella pattumiera. Se Isabella lo avesse letto, la discussione avrebbe ripreso con battutacce e frecciatine facilmente immaginabili.

Aprì il barattolo del caffè e riempì il contenitore della macchina-espresso. Prendere una domestica a ore... E perché mai? Era ridicolo che per dimostrare di essere un "uomo libero e padrone" lui dovesse affidare la casa a un'estranea. La sua libertà consisteva proprio nel sentirsi affrancato dalle noiose incombenze della quotidianità grazie a due persone care che se n'erano fatte carico.

Era ridicolo pure che Isabella si ostinasse a considerarlo un uomo immaturo solamente perché aveva mantenuto un forte legame affettivo con la sua famiglia. Figlia unica di genitori divorziati, lei aveva un pessimo rapporto con entrambi: anziché dolersene, lo riteneva un segno di grande autonomia emotiva e mentale. Di conseguenza, considerava l'amore filiale un sinonimo di mammismo. E adesso, a quanto pareva, anche quello per la tata Natalina era diventato oggetto di contestazione.

Fortunatamente la famiglia rappresentava il loro unico fronte di combattimento, ma gli scontri si mantenevano entro i limiti di una conflittualità che non lasciava segni né creava fratture.

Isabella sapeva fin dove poteva spingersi: tra tutte le donne che aveva conosciuto, era l'unica a possedere una emotività razionale. Stando con lei, aveva capito il vero significato di "sano istinto": Isabella non riusciva a provare un sentimento o a fare una scelta se la ragione non aveva dato il suo avallo.

Si erano incontrati quattro anni prima a una festa a cui lui aveva partecipato controvoglia e solamente perché quella sera non aveva niente di meglio da fare. Verso le undici quasi tutti erano ormai sbronzi. Stordito dal chiasso e in preda a una noia insopportabile era sgattaiolato verso l'uscita. Isabella l'aveva rincorso chiedendogli un passaggio e due giorni dopo si era rifatta viva con una telefonata, evidentemente desiderosa di rivederlo. Più stupito che gratificato da tanto interesse, l'aveva invitata al cinema e, qualche sera dopo, a cena. Alla fine della serata Isabella lo aveva fatto salire a casa sua.

In pratica, era stata lei a prendere l'iniziativa e agli inizi della loro storia se ne era chiesto la ragione: una ragazza bella e intelligente come Isabella doveva avere nugoli di estimatori, ed era curioso che si fosse intestardita a volere proprio lui. Un anno dopo stavano ancora insieme, e anche questo gli sembrava strano. Quel che lui le dava era obiettivamente poco, e inoltre era consapevole di non essere l'uomo romantico e passionale che mandava in visibilio le donne.

Soltanto con il passare del tempo si era reso conto che tra loro si era instaurato proprio il rapporto che Isabella voleva. A ventiquattro anni, non si sentiva pronta né per il matrimonio né per essere coinvolta e deconcentrata da una grande passione. Si era iscritta alla facoltà di Medicina con il fermo proposito di arrivare alla laurea, e il solo traguardo che si poneva era specializzarsi in pediatria.

Lui rappresentava il punto fermo, ma non invasivo, della sua vita sentimentale. Dal canto suo poteva dire l'identica cosa: Isabella gli dava tutto ciò che cercava in una donna senza pretendere quello che non era pronto o capace di offrire. La forza del loro rapporto stava nei limiti che gli avevano tacitamente posto. L'eventualità che un giorno avrebbero finito per sposarsi non escludeva quella di potersi lasciare, ma Matteo era certo che in un caso come nell'altro si sarebbe trattato di uno sbocco naturale e senza traumi.

Solamente nella vita di lavoro gli eventi gli avevano forzato la mano, pensò rabbuiandosi di colpo. Guardò l'orologio: ormai mancava meno di un'ora all'incontro con i dipendenti dell'agenzia. Prendere una decisione comporta sempre l'obbligo di dover superare resistenze, incertezze e timore di mutamenti, ma nel suo caso si trattava di una vera violenza perché era costretto a misurarsi con una situazione che non era stato lui a creare, con la prospettiva di destabilizzare ciò che gli stava benissimo in nome di una alternativa inopportuna e non desiderata.

Con la sveltezza d'un giocoliere scacciò il pensiero di suo padre prima che la mente vi si soffermasse suscitandogli un oscuro e colpevolizzante sentimento di rancore. Suo padre amava la famiglia e la vita, e non era certamente morto d'infarto a sessant'anni per fargli dispetto e costringerlo a rilevare l'agenzia.

Spostò il suo risentimento su Isabella. Che cosa diavolo stava facendo? Possibile che ci mettesse tanto tempo per fare una doccia e infilare un paio di jeans?

Comparve in quell'istante, come materializzandosi. «Potrei avere un caffè?» chiese.

«Soltanto se lo bevi al volo. Ho i minuti contati.»

«Allora andiamo.»

«E il caffè?»

«Ho fretta anch'io, lo prenderò al bar.»

«Posso darti un passaggio fino al parcheggio dei taxi di piazzale Loreto.»

«Va bene.» Esitò qualche istante. «Hai preso una decisione per l'agenzia?»

«Prevedo che mi dimetterò dalla banca per occuparmene di persona.»

«Non ne sei ancora sicuro?»

Matteo fece una smorfia. «Spesso decidere significa soltanto rassegnarsi ad accettare l'inevitabile.»

«Non capisco chi ti *costringe* a...»

«Te lo spiegherò in un altro momento, adesso si è fatto tardi.»

III

Matteo parcheggiò la macchina in una traversa di via Porpora e si accinse a percorrere a piedi i duecento metri che lo separavano dall'agenzia. Giacomo Morelli, il suo nonno paterno, aveva iniziato l'attività alla fine degli anni Venti, del tutto casualmente. Costretto a lasciare l'arma dei carabinieri in seguito a uno scontro a fuoco che gli era costato l'amputazione del braccio sinistro, una volta guarito non aveva trovato di meglio che dare una mano al suocero e ai cognati, titolari di una piccola ma attivissima impresa edile. Il suo incarico consisteva nel ricevere i clienti nei cantieri, mostrare gli appartamenti in costruzione, concordare le eventuali modifiche. Ben presto, non soltanto Giacomo aveva rivelato un autentico talento di venditore, ma si era accorto che quel lavoro gli piaceva. E così aveva deciso di farne una vera professione.

Con i soldi messi da parte e un prestito offertogli dal suocero aveva acquistato un piccolo fabbricato di due piani circondato da una striscia di giardino. Nel piano superiore era andato ad abitare con la moglie e il figlio appena nato, e in quello inferiore aveva ricavato il suo ufficio, rilevando una scrivania, due poltrone in pelle e un grande armadio-schedario con le ante di vetro verde e fregi dorati dallo studio di un ragioniere andato in pensione.

Nonno Giacomo aveva fatto rapidamente fortuna. Grazie al suo passato di carabiniere, all'esperienza acquisita nel settore edilizio e a un carattere socievole e gioviale si era affermato fin dall'inizio come un mediatore di compravendite immobiliari della massima affidabilità. Cinque anni dopo aveva già saldato il suo debito col suocero e messo in banca un piccolo gruzzolo.

L'entrata in guerra dell'Italia, nel 1939, creò un clima di precarietà e di insicurezza che si estese anche al mercato degli immobili. Fu solamente con l'inizio dei bombardamenti e il fuggi-fuggi dalle metropoli che ebbe un nuovo impulso: la gente svendeva la propria casa per fame oppure per panico. A differenza dei mediatori improvvisati che si buttarono a mo' di sciacalli su quel disgraziato mercato, nel 1943 nonno Giacomo chiuse l'agenzia e sfollò con la moglie e il figlio in un paese della Val Brembana. Al termine della guerra rientrò a Milano e riaprì l'ufficio. L'onestà di cui aveva dato prova consolidò la sua immagine di mediatore affidabile e corretto e in breve tempo ammortizzò i danni della lunga inattività.

Le case rinascevano dalle macerie e nuovi quartieri sorgevano alla periferia della città. L'agenzia Morelli divenne un punto di riferimento sicuro nella Milano della ricostruzione. Alla fine degli anni Quaranta nonno Giacomo si trasferì con la famiglia in una nuova casa e adibì l'intero fabbricato di via Porpora ad ufficio. Nel frattempo aveva assunto un ragioniere, una segretaria e otto venditori che pagava a provvigione.

Quando, dieci anni dopo, si era ritirato dagli affari, l'unico figlio, Attilio, aveva rilevato una attività redditizia e ormai consolidata. Matteo conservava del nonno un vago ricordo, ma aveva sempre avuto l'intima certezza che suo padre ne avesse ereditato solo in piccola parte l'imprenditorialità e il talento. In pratica, si era limitato a vivere di rendita con il buon nome dell'agenzia, incapace di darle un nuovo impulso e di renderla competitiva rispetto alle moltissime altre nate nel corso degli anni.

In compenso, le spese di gestione erano molto elevate. Quattro dei dodici venditori erano stati assunti vent'anni prima come dipendenti, e tra il personale stipendiato figuravano anche due anziane impiegate e una segretaria. Che cosa le tre donne facessero tutto il giorno era difficile capire, Matteo pensò mentre si avvicinava all'agenzia. Di certo, e alla luce del fatturato che il commercialista gli aveva dato in visione, si trattava di un oneroso e ingiustificato esubero di personale.

Licenziare delle persone non gli piaceva affatto, e questa prospettiva era stata una delle ragioni delle sue titubanze nel decidere le sorti dell'agenzia. Alla fine aveva capito che mantenerla in vita rappresentava per i dipendenti il male minore: non tutti, infatti, avrebbero perso il posto di lavoro. Quali di loro tenere ancora non poteva saperlo: in linea di massima erano i più anziani, e perciò quelli più vicini alla pensione, a essere sacrificati. Ma anche nel settore immobiliare l'anzianità poteva rappresentare un prezioso bagaglio di conoscenze e di strategie.

Inoltre sua madre gli aveva parlato in termini non propriamente rassicuranti della dipendente più giovane, la segretaria: a suo dire, una donna appariscente e belloccia che si era sposata due volte e continuava a condurre una vita disordinata. Quello che gli risultava con certezza era il disordine con cui la signora in questione amministrava il bilancio domestico: a mesi alterni chiedeva un anticipo sullo stipendio, e da un anno aveva in corso un prestito personale di venti milioni con l'agenzia.

Nell'eventualità non remota di doverla licenziare, le avrebbe ovviamente trattenuto dalla liquidazione la cifra di cui era ancora in debito.

Le dieci e cinque. Matteo si costrinse ad affrettare il passo chiedendosi perché mai si era lasciato coinvolgere da quell'avventura. Grattacapi, problemi e lavoro frenetico: questo era il futuro che lo aspettava, almeno per i prossimi due o tre anni. Il semaforo rosso lo fermò. La sede dell'agenzia era sul lato opposto della strada, incuneata tra due palazzoni che erano sorti nel corso dei decenni. Il piccolo portone ad arco e la vecchia facciata di mattoni rossi davano allo stabile un'aria di patetico e lezioso reperto miracolosamente scampato alle ruspe.

Matteo vi scorse un che di simbolico. Dovrò cambiare l'arredamento, ristrutturare l'interno e aprire un lucernario, si disse schiacciando il rotondo campanello in ottone. Solamente creando un interno luminoso e raffinatamente moderno l'agenzia avrebbe smesso di apparire quel che in effetti era: una vecchia azienda familiare sopravvissuta. Udì lo scatto del pulsante ed entrò.

Una donna lo aspettava in cima alla breve rampa di scale. Come la raggiunse, lei gli tese la mano: «Sono Erminia Baldini, una delle impiegate. I dipendenti la stanno aspettando nella sala riunioni». Era stata estratta a sorte dal comitato per il ricevimento oppure era la dipendente più autorevole? Matteo si chiese ironicamente mentre la seguiva lungo un'altra rampa di scale.

La "sala riunioni" era al primo piano e un tempo doveva essere stata il soggiorno dell'abitazione di nonno Giacomo. Probabilmente anche il vecchio tavolo in noce ricoperto da una lastra di cristallo verdino e le alte seggiole dagli schienali in pelle erano un reperto del soggiorno. Al suo ingresso i dipendenti si alzarono e toccò ancora a Erminia Baldini fare le presentazioni.

«Accomodatevi pure» Matteo disse rivolgendo un sorriso circolare. Si sedette a sua volta, accorgendosi con sorpresa di essere più imbarazzato delle persone che lo circondavano. I volti protesi verso di lui esprimevano cordialità e tranquilla attesa. Ricordò di aver visto molti di loro al funerale di suo padre.

Sorrise nuovamente. «Ci siamo tutti?» chiese. Non aveva notato la segretaria appariscente e belloccia.

«Manca Linda Parodi, la segretaria» gli confermò una delle impiegate. «Era qui, ma mezz'ora fa l'hanno chiamata dalla banca.»

«C'è qualche problema?»

«No, no» intervenne Erminia Baldini. «È andata alla sua banca, per faccende personali, ma sarà qui da un momento all'altro.»

Matteo si impose di non fare commenti. «Possiamo cominciare anche senza di lei» si limitò a dire. «Innanzi tutto, devo scusarmi per avervi convocato soltanto oggi. La prematura morte di mio padre non mi ha causato soltanto un grande dolore, ma mi ha posto di fronte a una responsabilità del tutto imprevista. Come certo saprete, lavoro nell'ufficio legale di una banca. L'attività immobiliare non è mai rientrata nei miei progetti e, proprio per questo, decidere il futuro dell'agenzia ha richiesto molto tempo e molte riflessioni. Ma non voglio tediarvi oltre coi miei problemi. Vi ho convocato per comunicarvi che subentrerò a mio padre nella gestione. Naturalmente vi saranno alcuni cambiamenti che...»

«Scusate il ritardo!» Una giovane donna irruppe ansante nella stanza interrompendo il discorso. Spostò una sedia dal muro e si sedette, scaraventando un borsone sul tavolo. Riccioli color fiamma, minigonna nera e camicetta svolazzante, non poteva che essere l'appariscente segretaria.

La fissò con aria ostentatamente interrogativa, aspettando che la donna si presentasse e allo stesso tempo dubitando che raccogliesse il messaggio. Invece, con grande sorpresa, la vide arrossire. «Mi scusi, sono Linda Parodi.»

«Stavo dicendo ai suoi colleghi che ho deciso di proseguire l'attività di mio padre. Insomma, l'agenzia non chiuderà.»

«Questa è davvero una bella notizia!» Linda disse con visibile sollievo.

Il venditore seduto accanto a lei la zittì con un'occhiata. «Ci stava parlando anche di alcuni cambiamenti» disse rivolto a Matteo.

«In realtà era solamente un accenno. Va da sé che dovremo ottimizzare l'attività dell'agenzia e che qualche cambiamento ci sarà, ma mi sembra prematuro parlarne adesso. Anche questi sono problemi che esigono lunghe valutazioni» proseguì Matteo, avvertendo la ridicola enfasi delle sue stesse parole.

Linda lo guardò negli occhi. «Il nostro problema è sapere se manterremo il posto di lavoro. Può almeno anticiparci se i cambiamenti prevedono una riduzione del personale?»

Quella domanda esplicita e diretta trasformò il disagio di Matteo in irritazione. «Il fatturato degli ultimi due anni non è tale da consentire l'onere di sette dipendenti» rispose altrettanto esplicitamente. «Se nei prossimi mesi resterà a questi livelli, la riduzione del personale sarà indispensabile.»

«Detto rozzamente, o faremo i bravi bambini oppure saremo castigati.» Ancora Linda, con sarcasmo.

«*Rozzamente* perché? Lei ha espresso un concetto basilare di strategia economica: quando un'azienda non funziona, si riduce oppure si cambia il personale che avrebbe dovuto...»

«Un momento» lo interruppe il più anziano dei venditori. «Lei sottovaluta un fattore molto importante, e cioè la recessione che ha colpito con particolare gravità il settore edilizio. I cantieri sono fermi, la richiesta di case è notevolmente diminuita, i privati e i piccoli costruttori tendono a trattare direttamente escludendo gli intermediari... Anche se fossimo i più bravi venditori del mondo, non potremmo cambiare questa realtà.»

Matteo annuì. «Non a caso poco fa ho parlato di *ottimizzare* il nostro lavoro.»

«Poco fa lei ha detto anche di non essere mai stato interessato a questo lavoro» interloquì un altro venditore. «Scusi la sincerità, ma con quali criteri può intervenire in un settore che non conosce e nel quale non ha fatto alcuna esperienza?»

«Ne conosco i problemi e so come funzionano le aziende sane.» Fece una breve pausa e rivolse un sorriso circolare al personale. «L'ufficio legale di una banca è un osservatorio privilegiato di pessime strategie e spericolatezze finanziarie.»

Stavolta fu il più giovane dei venditori a prendere la parola. «Suo padre, avvocato, non era certamente un imprenditore spericolato. Con tutto il rispetto per la sua memoria, il solo rimprovero che gli si può muovere è, semmai, di non aver investito abbastanza nel rilancio dell'agenzia.»

Erminia Baldini gli fece cenno di smetterla. Matteo intercettò l'occhiataccia dell'anziana impiegata e disse tranquillo: «È un discorso che mi interessa molto. Prosegua pure, la prego, signor...».

«Zanetti, Mario Zanetti. Lavoro in questa agenzia da quindici anni e penso che avrei potuto produrre molto di più senza i limiti che suo padre aveva imposto al nostro lavoro e alla stessa azienda.»

«Può fare qualche esempio concreto?»

«Non ci siamo mai spinti oltre la Lombardia, e questo ha automaticamente comportato la nostra assenza sul mercato delle seconde case. Sono sorti centinaia di cantieri sull'Adriatico, in Liguria, in Val d'Aosta, nel Trentino... Ancor oggi, nonostante la recessione, si continuano a costruire condomini e villette a schiera nelle zone di villeggiatura. Sarebbe bastato assumere in questi luoghi qualche venditore a provvigione. Noi stessi avremmo potuto spostarci e prendere dei contatti.»

«Secondo lei, perché mio padre è rimasto fermo in Lombardia?»

«Forse perché era rimasto sentimentalmente legato alla vecchia immagine dell'agenzia "milanese" fondata da suo padre. O forse perché...»

«Non dire stronzate, Zanetti» lo interruppe bruscamente Linda. «Tu parli delle zone di villeggiatura come se fossero il paese di Bengodi. Ma lo sai quanti condomini sono rimasti a livello di progetto? Lo sai quante piccole imprese sono sparite dopo aver venduto "sulla carta"? Lo sai quante agenzie immobiliari ci hanno rimesso soldi e faccia per aver dato credito a costruttori disonesti e avventurosi? Il signor Attilio era rimasto legato all'immagine di una agenzia solida e sana, questa è la verità. Voleva vedere coi suoi occhi le case, i terreni o i negozi che offriva. E metteva in contatto chi vendeva e chi comprava solamente dopo aver toccato con mano la loro affidabilità. Assegni postdatati o cambiali destinate al protesto non sono mai rientrati nelle nostre facilitazioni di pagamento.»

Il venditore Zanetti la fissò con aria quasi compassionevole. «Se io vedo certi mercati come il paese di Bengodi, tu li consideri come una giungla popolata di banditi. Per un condominio rimasto a livello di progetto, migliaia sono stati portati a termine. A fronte di qualche impresario disonesto, vi sono legioni di piccole e grandi aziende che hanno costruito quartieri o villaggi con la massima soddisfazione di chi li ha acquistati e se li gode. Oggi è possibile avere informazioni bancarie in tempo reale. Schiacci i tasti giusti e sullo schermo compare tutto quello che devi sapere di una azienda o di un impresario. Mi sai dire, cara Linda, perché il signor Attilio si è sempre rifiutato di introdurre l'informatica nella nostra agenzia?»

Matteo rispose per lei: «Questo è il primo investimento che intendo fare per ottimizzare la nostra attività». Guardò l'orologio e si alzò. «Si è fatto tardi e devo andare in banca. Non ho ancora comunicato le mie dimissioni.»

Si alzarono tutti. «Tra quanto tempo comincerà a lavorare qui?» domandò Erminia Baldini.

«Credo tra un paio di mesi. Ma nel frattempo ci rivedremo e soprattutto esaminerò più a fondo le esigenze e i problemi dell'agenzia. Prima di andarmene vorrei dare un'occhiata agli uffici. Signora Baldini, può farmi da guida?»

La donna arrossì di piacere. «Certamente, avvocato.»

Linda si avvicinò alla collega e la prese per un braccio. «Ti dispiace se lo accompagno io? Dovrei chiedergli una cosa.»

«Va bene... accompagnalo pure.»

Al primo piano, di fronte alla sala riunioni vi erano due stanze di circa venti metri quadrati, arredate in modo identico: due scrivanie una di fronte all'altra ricoperte di feltro color verde, due poltroncine di pelle e un grande armadio-schedario di metallo grigio. «Sono gli uffici dei quattro venditori» Linda spiegò. «In fondo al corridoio c'è il bagno e una vecchia cucina che usiamo per fare il caffè o preparare qualcosa da mangiare quando non abbiamo tempo o voglia di andare a una tavola calda. Vuole dare un'occhiata?»

«Non importa. Che cosa altro c'è, su questo piano?»

«È tutto qui. Il resto dell'agenzia è a quello sotto. So che suo padre lo fece ristrutturare una trentina d'anni fa ricavando quattro locali invece degli originari tre.»

Matteo la seguì lungo la rampa che portava al piano inferiore. Due stanze erano sulla destra della scala e due sulla sinistra. Linda si diresse verso la destra. «Questo è l'ufficio di Erminia e di Beatrice, le due impiegate, e più avanti c'è la stanza che usano i venditori non dipendenti quando debbono ricevere un cliente oppure svolgere qualche lavoro d'ufficio.»

Matteo notò le stesse scrivanie ricoperte di feltro verde e gli stessi schedari di metallo che aveva visto poco prima. «Non si può dire che mio padre, come arredatore, avesse molta fantasia» gli scappò detto.

«Mi scusi, ma lei non aveva mai visto questi uffici prima di oggi?»

«Da ragazzo venivo spesso a trovare mio padre, ma non avevo mai veramente guardato l'arredamento.»

«Il signor Attilio era un grande lavoratore e un galantuomo. Credo che tutto il resto abbia una importanza marginale.»

«Grazie per la lezione. Vogliamo passare alle altre stanze?» Matteo replicò asciutto.

«Prego, mi segua. Questo è il mio ufficio» Linda disse altrettanto asciutta spalancando la prima porta sulla sinistra.

«Oh, oh, qui sembra di essere a Disneyland!»

Le pareti erano state tinteggiate di un color bianco-azzurrino, l'anonimo armadietto metallizzato sostituito con una serie di ripiani in legno chiaro, la vecchia scrivania laccata di celeste. All'esterno, davanti alla finestra si arrampicava un ramo di glicine; piante verdi e fiorite, erano sparse tutt'intorno.

«Ho fatto tutto da sola. E a spese mie» Linda si affrettò a precisare.

«A quanto pare, l'arredo non ha per lei un'importanza marginale.»

«Sicuramente non è in cima alla mia scala di valori.» Linda aprì la seconda porta. «Ho apportato alcune migliorie anche nell'ufficio di suo padre, ma queste *non* a spese mie.»

«Perché non si rilassa, signora cara?»

«Perché lei mi innervosisce. D'un tratto piomba qui e comincia a parlare di cambiamenti, strategie, *ottimizzazioni*.»

Matteo rise suo malgrado. «A quanto pare, questa parola non piace a nessuno di voi.»

«Per quanto mi riguarda, non mi piace questa sua aria da John Wayne che espugna l'accampamento indiano e passa di tenda in tenda gettando occhiate schifate.»

«Mi dispiace averle dato questa impressione. Di vero c'è soltanto che bisognerà dare una svecchiata ai locali...»

«Dalle scrivanie ai dipendenti, di questa agenzia a lei non va bene niente. Sbaglio?»

«Sbaglia. Durante la riunione di poco fa sono stato favorevolmente impressionato dai vostri interventi. Denotano attaccamento all'azienda e, allo stesso tempo, una encomiabile capacità di critica e di analisi.»

«E che cosa mi dice delle scrivanie?»

«Se i Cheyenne ne avessero piazzato un paio all'ingresso del loro villaggio, il generale Custer sarebbe fuggito terrorizzato anziché massacrarli.»

Nello sguardo di Linda guizzò un lampo di allegria. «Potremmo *ottimizzarle* dipingendole come la mia e sostituendo il feltro con un cristallo.»

«Lei vuole sempre l'ultima parola, vero?»

«Qualche volta rimango a corto di argomenti.»

Matteo si batté una mano sulla fronte. «A proposito, prima lei ha detto alla sua collega che doveva chiedermi una cosa.»

Linda rimase qualche istante in silenzio, visibilmente a disagio. «Il mese scorso non abbiamo ricevuto lo stipendio» disse facendosi coraggio. «Il commercialista ci ha spiegato che la banca ha bloccato i conti e non può accreditarci il bonifico senza l'autorizzazione degli eredi...»

«Le assicuro che ignoravo questo problema. Davo per scontato che il commercialista avesse pagato gli stipendi, e se c'erano delle difficoltà non capisco perché non me ne abbia messo al corrente.»

«Scusi se gliene ho parlato. Purtroppo senza stipendio non posso tirare avanti.»

«Ha fatto benissimo e sono io che mi scuso. Provvederò a farvi accreditare immediatamente gli stipendi, lo dica anche ai suoi colleghi.»

IV

Alle quattro e mezzo Carlotta la chiamò in ufficio per ricordarle l'appuntamento con l'assistente sociale. «Non preoccuparti, stavo giusto uscendo e arriverò a casa puntualissima» Linda disse. In realtà, presa dagli eventi delle ultime ore, si era completamente dimenticata di quell'appuntamento e non era affatto pronta per uscire.

Erminia era andata alla posta e lei si era impegnata ad aspettare nel suo ufficio una telefonata importante. Ammesso che fosse rientrata entro un quarto d'ora, non avrebbe fatto comunque in tempo ad arrivare a casa per le cinque. E, quel che era peggio, neppure a cambiarsi d'abito e "travestirsi da brava signora", come Sara definiva scherzosamente il suo look ad uso dell'assistente sociale.

Estrasse dalla sacca una spazzola, una confezione di kleenex e, usando a mo' di specchio lo sfondo in vetro di una vecchia pubblicità del Campari appesa alla parete, raccolse i capelli dietro la nuca e si struccò il viso. Con quella faccia slavata e la minigonna, adesso sembrava una che si trascina a casa dopo una notte di marchette, pensò con una smorfia. D'un tratto si ricordò di un impermeabile che da mesi stava appeso nel suo ufficio: l'aveva messo una mattina di pioggia e si era sempre scordata di riportarlo a casa. Lasciando la porta spalancata per sentire il telefono, fece una corsa per prenderlo. Le cinque meno dieci.

Infilò l'impermeabile, lo strinse alla vita con la cintura e si diede un'occhiata all'improvvisato specchio. Miracolo, grazie a quell'indumento la stanca battona si era trasformata in una dolente profuga: il successo con l'assistente sociale era assicurato. Quattro anni prima, quando l'avevano convocata con il marito per esaminare la loro idoneità al ruolo di genitori affidatari, l'amica Sara le aveva suggerito di presentarsi con un sobrio tailleur, capelli raccolti e viso appena truccato. Ricordava bene la sua reazione divertita: e perché mai? Era forse una assassina che doveva rassicurare e impietosire i giudici popolari?

Solo in quegli ultimi mesi aveva capito che adottare un figlio era come battersi per ottenere l'assoluzione. L'aspirante madre era virtualmente un'imputata che doveva demolire un'incredibile montagna di sospetti quali immaturità, egoismo, instabilità psicologica, mancanza di attitudine al ruolo di educatrice, condizionamenti sotterranei. Nel caso suo, si aggiungevano i sospetti di inaffidabilità e leggerezza morale.

Lei è una donna molto bella, era stato il commento dell'assistente sociale la prima volta che si erano incontrate. Nella sua voce Linda aveva chiaramente avvertito perplessità e persino rimprovero. Una donna coi capelli rossi, gli occhi chiari, i denti bianchi e un fisico slanciato non rispondeva all'immagine di buona madre.

Perché desidera tanto questo bambino? Era stata la prima domanda che le aveva rivolto. Sottintendendo che una donna molto bella può volere il successo, la fama, il marito ricco: ma perché mai un figlio non suo? Si trattava di un desiderio stravagante e perciò sospetto.

Le cinque meno cinque. Dove era finita Erminia? Perché non si decideva a tornare? La sua ira si indirizzò sulla collega. Che andasse al diavolo, lei non poteva restare lì a fare la guardia al suo ufficio. Si avvicinò al telefono e chiamò un taxi. La sua auto era parcheggiata lontano dall'agenzia, e col taxi avrebbe fatto molto prima.

Arrivò a casa con quasi mezz'ora di ritardo e imboccò le scale di corsa, senza aspettare l'ascensore, pregando tra sé che l'assistente sociale non se ne fosse andata. Ma quella doveva essere la sua giornata fortunata, perché era arrivata in ritardo anche lei.

«L'ho fatta accomodare in soggiorno e le sto preparando

un caffè» sussurrò Carlotta, troppo sollevata nel vederla per investirla con le previste rimostranze.

«E Francesco dov'è?»

«In soggiorno con lei. Sono andata a prenderlo all'asilo un quarto d'ora prima per fargli un bagno e cambiarlo. Ma ora spicciati.»

«Vado subito. Prepara un caffè anche per me. E grazie...»

Come la vide entrare, Francesco le corse incontro e si gettò tra le sue braccia. Bravo piccolino, Linda gli disse tra sé mentre lo sollevava e gli stampava un bacione sulla fronte, mi stai dando una grossa mano. Lo depose lentamente sperando che l'assistente sociale avesse preso nota dell'attaccamento che il bambino aveva per lei.

«Scusi il ritardo» le disse con un sorriso compunto «oggi abbiamo avuto un incontro con il nuovo proprietario e mi è stato impossibile uscire prima.» Si sedette di fronte a lei.

«Spero che vi abbia portato buone notizie.»

Veniva subito al sodo, la signora. Linda le sorrise nuovamente. «Oh, sì. Almeno sotto questo aspetto non ci sono più problemi: l'agenzia rimarrà aperta e io non corro più il rischio di restare disoccupata.» Sperò tra sé che fosse vero.

«Ne sono felice per lei. Il suo lavoro lascia comunque aperto il problema degli orari. Lei non può permettersi una domestica, e il bambino rimane praticamente solo per gran parte del pomeriggio.»

«A mio fratello bado io» Carlotta disse seccamente avvicinandosi con il vassoio. «Vado tutti i pomeriggi a prenderlo all'asilo e rimane con me fino a quando mia madre torna a casa.»

L'assistente sociale stava per replicare qualcosa, ma Linda la prevenne. «Preferirei che parlassimo da sole. Carlotta, puoi portare Francesco con te?»

La ragazza posò il vassoio sul tavolino e prese il piccolo per un braccio. «Ho quasi quindici anni, e alla mia età molte ragazze vanno a servizio o fanno le baby-sitter.»

«Ti prego, Carlotta, lasciaci sole.»

Come vide la porta richiudersi alle spalle della ragazza, l'assistente sociale fece per riprendere il discorso interrotto, ma Linda non gliene diede il tempo. «Molte madri lavorano fuori casa e non possono pagare una domestica» disse curvandosi verso di lei, «ma questo non significa affatto che i figli siano abbandonati a loro stessi. Basta sapersi organizzare. Io accompagno Francesco all'asilo prima di andare in ufficio e sua sorella, come le ha spiegato, va a riprenderlo e bada a lui. Di regola, non torno mai a casa dopo le sei. Preparo la cena, lavo il bambino, guardo la televisione con lui e Carlotta. Dove sta il problema?»

«Il bambino potrebbe svegliarsi con la febbre e non andare all'asilo. O potrebbe ammalarsi Carlotta, e non essere in condizione di andarlo a riprendere...»

«È già successo. Quando i miei figli non stanno bene, io chiedo una giornata di permesso. Se occorre, anche di più.»

«Ma, così facendo, rischia di perdere il posto.»

«Fortunatamente non ho due figli fragili e malaticci. L'ultima influenza di Francesco risale a sette mesi fa.»

«Devo darle atto che ha l'aspetto di un bambino ben nutrito e ben curato.» Sulle labbra della donna aleggiò un sorriso.

Linda le afferrò le mani. «Signorina Franchi, io amo con tutto il cuore questo bambino. Me lo affidarono quando aveva due mesi e nessuno lo voleva perché sua madre era una tossicodipendente morta di overdose e il padre cileno entrava e usciva dalla galera...»

«Glielo affidarono perché una sua amica era amica del giudice minorile...»

«È stata forse una decisione sbagliata? Non ha detto lei stessa che Francesco è un bambino ben nutrito e ben curato?»

La donna la fissò attentamente. «Continuo a non capire perché ha fatto tanto per portarlo a casa e ottenerne l'affido.»

Quante volte glielo aveva raccontato? Un pomeriggio aveva accompagnato Sara nell'istituto in cui il piccolo era ricoverato e l'aveva visto. Stava immobile in una culla, il succhiotto che gli pendeva dalle labbruzze e i piccoli occhi spalancati verso il soffitto, in una straziante *consapevolezza* del proprio abbandono. A quel ricordo gli occhi le si riempirono di lacrime.

«Amore a prima vista» sussurrò. Scacciò le lacrime. «Mi sono occorsi cinque mesi per strappargli il primo sorriso. Io e Carlotta siamo la sua famiglia. Non oso nemmeno pensare a quello che proverebbe se lo portassero via.»

«Lei ha sbagliato, Linda, tacendogli di non essere la sua vera madre.»

«La mia amica psicologa la pensa come lei. Ma come far capire a un bambino di quattro anni che...»

«I bambini capiscono sempre la verità.»

«Per favore, mi risparmi queste frasi fatte» Linda sbottò.

«Volevo dire che per i bambini piccoli madre adottiva o madre naturale non fa differenza: gli basta avere la mamma» la donna spiegò gentilmente.

«Però il nuovo giudice vorrebbe toglierglielа.»

«Lei non ha i requisiti necessari per l'adozione, questo è il punto.»

«Solamente perché sto per divorziare da mio marito?»

«Ha divorziato due volte, e potrebbe risposarsi e divorziare ancora!»

«Ammesso che possa accadere, non smetterei mai di amare mio figlio!»

«Ma il bambino correrebbe il serio rischio di crescere in un contesto familiare senza stabilità né punti di riferimento. Il giudice deve valutare il bene di Francesco in un'ottica di tempi lunghi. Meglio il dolore di un distacco oggi che i guasti senza rimedio di una famiglia sbagliata.»

Linda le lanciò un'occhiata affranta. «In altre parole, devo perdere ogni speranza?»

«Non ho detto questo. Il giudice potrebbe ritenerla nonostante tutto una presenza affettiva irrinunciabile per il bambino...»

«Signorina Franchi, lei da che parte sta? Quale suggerimento intende dare quando le verrà richiesto?»

«Mi chiami pure Dora. Ho molta simpatia per lei, ma non mi fido dell'istinto. E in tutta onestà non mi sento ancora pronta per esprimere un'opinione definitiva.»

«Possiamo vederci ancora. Lei può farmi tutte le domande che crede, esprimermi tutti i dubbi che ha.»

Dora Franchi si alzò. «Lo farò, ne stia certa.»

Linda indicò con aria rammaricata il vassoio. «Non ha bevuto neppure il caffè...»

«Lo farò la prossima volta.»

Aveva dovuto leggere tre favole a Francesco prima che si addormentasse. Carlotta si era ricordata all'ultimo minuto di un tema da consegnare per l'indomani e praticamente glielo aveva scritto lei. Quando finalmente stava per fare una doccia e prepararsi per la notte, era arrivata la telefonata dell'amica Sara che voleva notizie sul suo lavoro e sull'incontro con l'assistente sociale.

Essere concisa con lei era impossibile, perché fin da ragazzina esigeva i dettagli, chiedeva di ripetere dal principio, interloquiva con continui "spiegati meglio, dimmi le parole esatte, e tu cos'hai risposto?". La cronaca minuto per minuto di quella giornata era durata circa un'ora. Linda aveva dovuto persino descrivere fisicamente il suo nuovo capo.

"Un bel ragazzo sulla trentina" era troppo generico: Sara aveva voluto sapere se era alto o basso ("piuttosto alto"), biondo o moro ("sul castano"), il colore degli occhi ("mi pare chiari"), un personaggio famoso a cui poteva anche vagamente somigliare ("direi Tom Cruise").

Quel *direi*, preceduto da un "ma si può sapere che importanza ha?" le era costato una affettuosa tirata d'orecchie: sei distratta, non hai spirito d'osservazione, non hai meccanismi di difesa, adesso guardati bene dal prendere una cotta per il giovane principale.

Soltanto a mezzanotte Sara, appagata nella sua curiosità e con la coscienza a posto per il predicozzo finale, si era decisa a riattaccare. Troppo tardi per fare la doccia, troppo tardi per vedere un film in tv, troppo tardi per chiamare il padre di Carlotta e dirgli una volta per tutte quello che pensava di lui. Non le restava che infilarsi a letto, caricare la sveglia e addormentarsi.

Ma due ore dopo era ancora lì a rigirarsi insonne. I frivoli interrogatori di Sara, che di solito la facevano sorridere, quella sera non l'avevano divertita affatto. Si sentiva confusa, immalinconita, innervosita. Anzi, furiosa. Sara la considerava una specie di eroina di fotoromanzo, tutta colpi di scena e di testa, il padre di Carlotta la trattava come una cretina che si poteva prendere in giro impunemente... Perché non le aveva ancora fatto lo stramaledetto bonifico? Perché l'aveva messa in condizione di essere chiamata e ripresa dal direttore della banca? L'essersi fatto una nuova famiglia non lo autorizzava a scordare i doveri verso la figlia maggiore.

Domani gli telefonerò, Linda si ripropose bellicosamente, e gli dirò che la festa è finita. Esigo che da ora in avanti versi per Carlotta gli alimenti stabiliti dal giudice, e se non sarà puntuale lo farò chiamare dai carabinieri. Era stanca di mostrarsi amabile e tollerante e stanca di addossarsi tutte le responsabilità e i problemi. Era arrivata a trentotto anni anteponendo a tutto la propria dignità, ma nessuno sembrava apprezzare la cosa. Credendo di perseguire un valore, si era costruita l'immagine di masochista e di imbecille.

Trentotto anni. Da dove sono arrivati? Ne ho davvero tanti?, Linda si chiese con un sobbalzo di incredulità. Il pensare d'un tratto a se stessa come a una donna vicina alla quarantina le causava una sensazione di raggelante estraneità. Era così che gli altri la vedevano? Una donna *giovanile* e *ancora* piacente? Probabilmente sì. Mentre lei continuava a vestirsi, a muoversi e a *vedersi* come una ragazza, sentendo le stesse energie e gli stessi slanci di dieci o vent'anni prima, chi le stava intorno aveva smesso da tempo di considerarla tale.

Guardati bene dal prendere una cotta per il tuo giovane principale, le aveva detto Sara. Le era sembrata la solita allusione ai suoi colpi di testa, la solita battuta rivolta all'eroina da fotoromanzo, romantica e impetuosa. E invece si trattava di ben altro. L'amica l'aveva seriamente messa in guardia dal rischio che tutte le donne sole della sua età corrono: innamorarsi di un uomo più giovane.

Piena di preoccupazioni e di guai com'era, nemmeno si era accorta che Matteo Morelli era un bel ragazzo. Non l'aveva, addirittura, neppure visto come un uomo: per lei era soltanto l'erede dell'agenzia, la persona da cui dipendeva il suo posto di lavoro. Da quando si era separata dal secondo marito, tutto aveva per la testa fuorché imbarcarsi in un nuovo rapporto sentimentale.

Era uscita dalla scena della seduzione volontariamente e con un'intima consapevolezza di onnipotenza. Sapeva di essere bella. Conosceva a memoria e d'istinto i gesti, le parole, i silenzi e le occhiate per attrarre un uomo. Se aveva perduto i suoi mariti era stato perché si era stancata di tenerseli accanto. E in quegli anni era vissuta con l'intima certezza che, nel momento in cui avesse finalmente incontrato l'uomo giusto, sarebbe stato un gioco conquistarlo. *Ho trentotto anni.*

Senza accorgersene, si era avvicinata all'età in cui "uomo giusto" significava maturo vedovo, scapolone pentito, divorziato stanco di ristoranti e tintorie. Era angoscioso sentirsi come una ventenne e appartenere in realtà a una generazione lontana anni luce. Era ridicolo immaginarsi irresistibili nell'età in cui i gesti, le occhiate e le malizie della seduzione apparivano agli altri solamente un patetico gioco di memoria e un penoso scimmiottamento della gioventù perduta.

Linda si drizzò sul letto. *Perduta* perché? È patetico sentirsi vecchie a trentotto anni, si disse con forza. Alla mia età le donne si innamorano, fanno figli, scappano con l'amante, fanno le testimonial dei prodotti di bellezza, rubano il fidanzato alle ventenni. Quando passo per strada, anche i ragazzi si voltano. Quando mi guardo allo specchio, vedo un corpo slanciato e un viso senza rughe. La verità è che *senza accorgermene* sono arrivata sull'orlo di una depressione. Se non mi è successo prima è soltanto perché ero troppo occupata per sentirmi depressa.

Negli ultimi due anni era vissuta sempre di corsa tra casa e agenzia. Correva per fare le spese, correva per accompagnare Francesco a scuola, correva per andare dal parrucchiere, correva per fare un versamento in banca, correva per recarsi a un appuntamento: perennemente inseguita dalla paura di arrivare in ritardo all'impegno successivo. L'ansia le aveva causato un tale condizionamento che aveva *disimparato* a camminare piano: correva persino per passare dal soggiorno alla cucina. E quando poteva sedersi, era sopraffatta dai problemi e dalle preoccupazioni.

Intanto si erano fatte le tre e ancora non aveva preso sonno.

Con buona pace del dottor William Butler, il suo corso era valso solamente a farle buttare tre milioni. Sara aveva ragione: quel che aveva imparato erano quattro stupidi esercizi di rilassamento che le veniva in mente di fare nei rari momenti in cui si sentiva già rilassata, mentre in tutti gli altri non facevano che accrescere il suo nervosismo.

V

Linda si trovava dal notaio per la registrazione di un contratto la mattina in cui Matteo Morelli tornò per la seconda volta in agenzia. Alle undici, quando rientrò in sede, lui se n'era già andato. I colleghi le raccontarono che si era fatto accompagnare da un amico architetto e che, insieme, avevano visitato tutti gli uffici dell'agenzia. Stando a quanto qualcuno credeva di aver capito, l'architetto intendeva abbattere tutte le pareti divisorie e trasformare ciascun piano in un unico e grande spazio aperto.

Matteo ne diede la parziale conferma alcuni giorni dopo, mostrando ai dipendenti il progetto di ristrutturazione che era stato presentato per le necessarie licenze. I venditori sarebbero rimasti al piano superiore, lui, Linda e le impiegate in quello sotto. Siccome qui la sporgenza della scala rendeva difficoltosa e poco estetica l'unificazione degli uffici, si sarebbero mantenuti i due blocchi limitandosi a sostituire le pareti in muratura con divisori trasparenti.

La licenza arrivò un mese dopo. Poiché si trattava di una ristrutturazione semplicissima che non richiedeva abbattimenti di muri portanti o creazione di nuovi volumi, l'architetto chiamò un vecchio muratore che lavorava con due figli e il genero. I quattro uomini cominciarono dal piano superiore e provvidero personalmente a sgombrarlo dei mobili. Linda fu stupita dalla loro velocità e dalla loro efficienza: in due giorni abbatterono tutte le pareti e portarono via tutte le macerie. Nei quattro successivi intonacarono i muri, piastrellarono il pavimento e misero in posa i sanitari del piccolo bagno. Il genero e un figlio del muratore lavorarono anche di domenica per imbiancare le pareti.

I lavori procedettero con uguale velocità al piano inferiore, ma quando subentrarono gli elettricisti, gli installatori delle pareti attrezzate e i tecnici del condizionamento d'aria tutto andò più a rilento. A ristrutturazione finita, occorse attendere altre quattro settimane perché arrivassero i mobili, i computer e i nuovi telefoni.

Matteo Morelli sorprese i dipendenti dimostrando capacità logistiche e organizzative inaspettate. Per non paralizzare l'attività dispose che durante tutta la durata dei lavori un dipendente, a turno, rimanesse in agenzia a ricevere i clienti o le loro chiamate. Nel frattempo tutti gli altri avrebbero seguito il corso organizzato, su richiesta dello stesso Matteo, dall'azienda fornitrice dei computer: in questo modo non avrebbero dovuto poi perdere tempo a ristrutturazione finita.

Durante il primo giorno di turno trascorso in agenzia a Linda parve di entrare in un girone infernale: era tornata a casa con la testa rintronata dal rumore, i capelli grigi di polvere, la gola secca e un torcicollo causato dall'aria gelida che entrava dalle porte e dalle finestre spalancate. Si era adagiata sotto i caldi getti dell'idromassaggio pensando con sollievo che l'indomani avrebbe cominciato il corso sul computer e sarebbero trascorsi altri sei giorni prima che fosse nuovamente di turno all'agenzia.

Ma il sollievo durò ben poco: la prima giornata di corso fu ben peggiore perché, allo sforzo di capire, si era aggiunta una frustrazione senza scampo. Non avrebbe imparato mai. Era negata. Come il tecnico apriva bocca, la sua mente si chiudeva e le spiegazioni le sembravano suoni senza senso.

Mentre quei suoni si facevano sempre più spazientiti e lei per la prima volta in vita sua metteva in dubbio la propria intelligenza, tutti i colleghi sembravano dei bambini impazziti di gioia per un nuovo giocattolo. Al quarto giorno chiese a Erminia se poteva sostituirla nel suo turno in agenzia: Erminia accettò con entusiasmo. E lo stesso fecero gli altri all'identica richiesta.

In breve, Linda smise di frequentare il corso per rimanere sempre di turno all'agenzia. Finite le opere di demolizione e spariti polvere e fracasso, era diventato piacevole e gratificante seguire da vicino la nascita dei nuovi uffici, scambiare due chiacchiere con l'architetto quando veniva a controllare il procedere dei lavori.

Ricadde in uno stato di frustrazione la mattina in cui i tecnici arrivarono per collegare i computer. Lei era l'unica a non averne imparato l'uso, e il più anziano degli installatori la raggelò con un'occhiata sbalordita e compassionevole quando gli chiese se sulla sua scrivania era possibile mettere una macchina per scrivere tradizionale anziché un computer.

«Lei scherza, vero?»

Non scherzava affatto. Era, invece, in preda al panico: come avrebbe fatto a scrivere una lettera, copiare un contratto, stendere un preliminare? D'un tratto fu folgorata dalla semplicità della soluzione: la macchina poteva comperarsela lei, coi suoi soldi.

Il negozio era poco distante e il proprietario la conosceva bene perché andava sempre da lui ad acquistare i nastri per le vecchie Remington dell'agenzia: sicuramente avrebbe accettato in pagamento un assegno da mettere all'incasso dopo qualche giorno. Inserì la segreteria telefonica, avvertì i tecnici che si assentava per mezz'ora e corse al negozio.

Perché perdere tempo?

All'inizio dei lavori, tutti i documenti, gli schedari e le carte dell'agenzia erano stati frettolosamente messi in alcuni scatoloni e sistemati nella cantina dello stabile. Linda era da poco rientrata in ufficio quando arrivarono due ragazzotti a chiedere le chiavi: l'avvocato Morelli li aveva incaricati di prendere gli scatoloni e trasportarli nel suo ufficio.

Poco dopo arrivò Matteo. La salutò gentilmente, fece un paio di raccomandazioni per lei incomprensibili agli installatori dei computer, salì con uno di loro al piano superiore e una volta ridisceso le chiese se non le dispiaceva cominciare ad aprire gli scatoloni. «Nel pomeriggio verrò a darle una mano. Nel frattempo lei dovrebbe fare una prima cernita e buttare via tutte le scartoffie inutili.»

«Comincio subito» Linda disse con entusiasmo. Scartare e buttare era la sua specialità. A differenza di sua madre, che conservava anche i pezzi di spago, ogni volta che ordinava un armadio o un pensile lei riusciva a scoprire un'infinità di cose inutili da portare nella pattumiera.

Il suo entusiasmo dovette far scattare un campanello d'allarme nel principale. «Le raccomando di controllare bene quello che scarta. Alcuni documenti, per legge, debbono essere conservati fino a...»

«Stia tranquillo, lo so.»

«Col tempo riverseremo tutto sui dischetti. Adesso la cosa più urgente è memorizzare tutti i clienti dell'agenzia.»

«Ah.»

«Lei dovrebbe recuperare subito gli schedari e i contratti che ci consentano di ricostruire la rete dei clienti.»

«Ci proverò...» Il suo entusiasmo cominciava a smorzarsi.

Matteo la fissò interrogativamente. «Non sa in quale dei contenitori sono stati messi?»

«Il fatto è che c'era fretta di sgombrare e li abbiamo riempiti a caso...» spiegò mortificata.

«Senza indicare sopra le scatole il contenuto? Senza suddividere i materiali per ufficio?» Sembrava sbalordito.

Il disagio di Linda sparì istantaneamente. Non poteva permettere al nuovo capo di trattarla come una scolaretta che non ha fatto i compiti a casa. «Lei non era qui quando sono arrivati i muratori e perciò non può capire in quali condizioni abbiamo dovuto sgombrare armadietti e contenitori» spiegò con sussiego.

«Adesso dovrete sobbarcarvi a una seconda e inutile fatica per rimettere tutto in ordine.» Le rivolse un sorriso, come a farle capire che il discorso era chiuso e dopo qualche istante aggiunse: «Che cosa dice della nuova sede?».

«Sembra un'altra, davvero *nuova*.»

«Avrà notato che ho lasciato tutti voi come eravate sistemati prima della ristrutturazione: i venditori sopra e lei quaggiù con me e le impiegate.»

«L'ho notato. Sono molto affezionata al ramo di glicine che si arrampica sulla finestra di fronte alla mia scrivania!»

Matteo ebbe una espressione di rammarico. «Tra qualche settimana verranno a ripulire la facciata e quel vecchio rampicante dovrà essere eliminato.»

«Oh, no! Non sarebbe possibile...»

«No. Le radici sono diventate invasive e i rami più alti rischiano di intasare le grondaie. Se il Comune darà il permesso per fare un'apertura, vorrei eliminare anche il pezzo di giardino rimasto sul retro e trasformarlo in garage.»

«Lei è come Attila, non lascia un filo d'erba al suo passaggio!»

«Un paio di mesi fa le ricordavo John Wayne.»

Linda si strinse nelle spalle. «Di sicuro è una persona piuttosto destabilizzante.»

«Mi rendo conto di aver rivoluzionato le vostre abitudini e i vostri uffici, ma era impensabile rilanciare l'attività dell'agenzia lasciando tutto com'era ai tempi di mio nonno. In tutta franchezza, trovo miracoloso che la vista delle vecchie scrivanie, delle macchine per scrivere monumentali e dello stabile decadente non facessero scappare i clienti.»

«Evocavano stabilità e tradizione. Qui invece sembra di essere sul set di un telefilm americano.»

«Oggi quasi tutti gli uffici sono così» Matteo ribatté.

«Appunto: abbiamo perduto la nostra identità per diventare uguali a tutti gli altri.»

«Non la gratifica lavorare seduta su una poltroncina anatomica e davanti a un computer?»

Linda abbassò gli occhi e li rialzò. «Senta, avvocato Morelli...»

«Mi chiami pure Matteo.»

«Ho appena comperato una Olivetti tradizionale, a spese mie, e verranno a consegnarmela nel pomeriggio. Io *odio* il computer. Non riesco a metterci mano.»

«Ma al corso non le hanno insegnato a...»

«Sono andata soltanto tre giorni, poi sono rimasta sempre di turno qui.»

«E chi l'ha deciso?»

«So dattilografare con grande velocità e non ho alcun bisogno di usare il computer.»

«Quando *io* avrò bisogno di un elenco, un dato, un indirizzo memorizzati, lei che cosa farà?

«Li farò cercare da una delle impiegate. Se è vero che viene tutto fuori a velocità supersonica, lei non dovrà aspettare molto.»

«Signora Parodi...»

«Mi chiami pure Linda.»

«Desidero che lei impari a usare il computer: visto che ha perduto il corso, pregherò un tecnico di venire qui a darle le spiegazioni necessarie.»

«È inutile! Io sono *veramente* negata.»

«Ne riparleremo oggi, adesso ho un appuntamento e devo lasciarla.»

Matteo arrivò solamente alla metà del pomeriggio. Lei era accosciata sul pavimento, al centro di piccoli mucchi di carte ordinatamente impilate, che andava via via disponendo a raggiera.

«Ho vuotato soltanto due scatoloni» annunciò guardandolo dal basso verso l'alto. «Devo controllare tutto con grande attenzione prima di capire se è roba da conservare o da buttare, e questo porta via molto tempo.»

Matteo rifletté brevemente. «Facciamo così, lei leva le carte dalla scatola e le passa a me per il controllo.»

Dopo due ore avevano vuotato sei scatoloni. Linda estraeva e porgeva, Matteo prendeva e guardava: lavoravano in silenzio, i gesti ripetitivi e ormai sincronizzati, interrompendosi soltanto per spostare in un angolo della stanza le scartoffie e i documenti via via eliminati.

Al settimo scatolone Matteo si fermò: «Si è fatto tardi, sarà meglio proseguire domani». Fu solo nel momento di lasciare l'ufficio che vide la Olivetti nuova sulla scrivania di Linda.

Lei intercettò il suo sguardo e lo prevenne: «A proposito del computer vorrei dirle che...»

«Deve rassegnarsi a usarlo, Linda.»

«Ma *perché*?» proruppe.

Matteo la fissò perplesso. «Davvero non mi spiego questa sua repulsione. Viviamo nell'era dell'informatica, ormai solo le persone anziane o a un passo dalla pensione possono permettersi di ignorare le nuove tecnologie.»

«Mi dia tempo, la prego.»

«E va bene. A quest'ora, mi prende per stanchezza!» Matteo guardò l'orologio. «Mi aspetti un minuto, faccio una telefonata e usciamo insieme» aggiunse sparendo nell'ufficio-gabbiotto poco distante.

Le pareti divisorie, basse e trasparenti, creavano solamente una parvenza di intimità: Linda lo vide formare un numero e udì distintamente la sua voce mentre parlava con tale Isabella. Le chiese se aveva trovato i biglietti per il teatro, se preferiva cenare prima oppure dopo lo spettacolo, se si sarebbe fermata a dormire a casa sua. Chiaramente era la sua ragazza. «Sarò da te tra mezz'ora» concluse.

Riemerse dal gabbiotto e la raggiunse. Solo in quel momento Linda ricordò che la sera prima aveva lasciato la macchina dal meccanico. «Dovrei chiamare un taxi, se non le dispiace.»

«Se è sulla mia strada, posso darle un passaggio.»

«Abito vicino alla fiera...»

«Non ci sono problemi, io devo andare in zona Sempione. Coraggio andiamo.»

Matteo aveva parcheggiato in una traversa poco distante e Linda notò con sorpresa che si trattava della piccola e vecchia utilitaria del signor Attilio. «Pensavo che avesse fatto la fine delle macchine per scrivere e delle scrivanie» le scappò detto mentre saliva.

«Questa serve ancora. Per spostarsi in città è il massimo, e ho dovuto contenderla duramente a mia sorella.» Mise in moto in silenzio.

«Ha una sorella soltanto?» Linda chiese dopo un poco.

«Sì. Si è sposata un anno fa e aspetta un bambino.» Tacquero di nuovo. Poi fu lui a rompere il silenzio. «Lei ha due figli, se non sbaglio.»

«Una femmina di quindici anni e un maschietto di quattro.»

Matteo si girò a guardarla. «Come fa a avere una figlia così grande?» Sembrava sinceramente sorpreso.

«Ho trentotto anni.» Tanto valeva confessarlo subito, non poteva certamente tenere nascosta l'età al suo principale.

Matteo tacque di nuovo, senza fare alcun commento del genere "ma davvero?", "credevo che fosse molto più giovane". Linda non capì se sentirsene sollevata o delusa. «Ho divorziato dal primo marito e sono separata dal secondo» si ritrovò a dire. Voleva sbalordirlo, tirar fuori subito gli scheletri dall'armadio o che cos'altro?

«Però...» commentò, stavolta, Matteo. Le rivolse un sorriso al volo. «È andata di gran corsa... Mi tolga una curiosità, come si è trovata a lavorare nell'agenzia?»

«Erminia, l'impiegata, è una vecchia amica di mia madre. Io stavo cercando disperatamente un impiego e lei ha parlato di me a suo padre. Non so se mi ha assunta per compassione o per stanchezza: quando mi ha ricevuta nel suo ufficio, gli ho fatto un monologo di dieci minuti raccontandogli tutti i miei guai... Una volta avuto il posto» Linda si affrettò ad aggiungere «naturalmente mi sono fatta in quattro per dimostrargli che la sua fiducia era stata ben riposta. A mio modo, anch'io ho cercato di *ottimizzare* il lavoro.»

Matteo annuì. «Chi le tiene i bambini, durante la giornata?»

«La più grande frequenta una scuola a tempo pieno e quando esce, alle quattro, va a prendere il fratellino all'asilo. Fino all'anno scorso Francesco stava in un nido privato. Per un supplemento, che era un furto, me lo tenevano fino alle sei e mezzo. Adesso le cose vanno molto meglio, anche se i problemi sono ancora molti. Purtroppo non ho né nonne né zie su cui contare.»

«Sua madre non...»

«Mia madre vive a Nervi. Dieci anni fa, quando mio padre è andato in pensione, ha venduto la casa di Milano e aggiungendo i soldi della liquidazione ha comprato un appartamentino in Riviera.»

«Capisco.»

«Io no» Linda proruppe amara. «All'epoca, il mio primo matrimonio stava andando a rotoli, Carlotta era piccola, ero piena di problemi fino al collo... Avevo un disperato bisogno di aiuto, ma i miei genitori tagliarono la corda. Lo sa qual è lo spiritoso motto di mia madre? *Ulli ulli, chi li fa se li trastulli*: intendendo figli, sbagli, debiti, casini. L'estate scorsa le lasciai i bambini, ma dopo quattro giorni mi chiese di andarli a riprendere d'urgenza perché non aveva l'età e le energie per stargli dietro. *Zucche e meloni alle loro stagioni*, è un altro suo spiritoso motto.»

«Se non altro, è una donna divertente.»

«È una donna egoista e incapace di sacrificio.» L'antico rancore vibrò nella voce di Linda. «Ma a sentire lei è la migliore delle madri: mi telefona ogni settimana, si preoccupa per i nipotini, non capisce perché non mi decida a seguire i suoi buoni consigli. In cuor suo, è persuasa che tutte le scelte e gli sbagli della mia vita abbiano avuto come scopo il farle dispetto e impedirle di vivere tranquilla.»

Linda fece una breve pausa. «Mi dispiace averla afflitta con i miei problemi, Matteo. Di solito non sono né vittimista né...»

«Questo l'avevo capito!» Si girò nuovamente verso di lei. «Devo girare a destra o a sinistra?»

«A destra. La mia casa è cento metri dopo il semaforo.»

VI

Matteo aspettò che Linda entrasse nel portone e ripartì facendole un gesto di saluto. Si sentiva confuso e vagamente a disagio: non aveva mai conosciuto una donna dall'esistenza tanto complicata e in cuor suo non riusciva a dar torto alla povera madre che aveva preso le distanze da tutti quei casini. Più che egoismo, gli sembrava un sano istinto di autodifesa. Sposare una persona sbagliata poteva succedere, ma quella Linda si ritrovava a nemmeno quarant'anni con due divorzi alle spalle, e a quel punto veniva il sospetto che qualcosa di *sbagliato* esistesse in lei.

Si trattava innegabilmente di una donna generosa, spontanea e piena di buona volontà, ma altrettanto innegabilmente era anche impulsiva, testarda, incapace di ordine e vera organizzazione. Bastava vedere in che modo aveva riempito quegli scatoloni... E che dire dell'assurdo rifiuto di usare il computer e dell'irragionevole acquisto di una macchina per scrivere tradizionale?

Il prestito chiesto a suo padre e i continui anticipi sullo stipendio denotavano del resto una allegra gestione delle finanze. Gli alimenti che gli ex mariti le passavano, uniti a quanto lei guadagnava, avrebbero dovuto garantirle un'entrata sufficiente per vivere decorosamente...

Ma non erano problemi suoi e nemmeno capiva perché se li ponesse. La verità era che, a quel punto, l'eventualità di licenziare Linda si rendeva moralmente improponibile, anche se lei e una delle impiegate gli sembravano le due presenze più inutili nell'agenzia e perciò le prime da sacrificare in un'ottica di ridimensionamento degli organici. Tre impiegate erano decisamente troppe e, benché più vicina ai sessanta che ai cinquanta, Erminia Baldini si era rivelata abbastanza efficiente nello svolgimento di tutto il lavoro necessario, compreso quello di segretaria. Ma come trovare il coraggio di dirlo a Linda?

Accidenti a me che mi sono lasciato coinvolgere, si disse svoltando verso la casa di Isabella. La morte del padre era stato il primo dolore e, indirettamente, l'unico problema che aveva conosciuto in trent'anni. E aveva l'intima convinzione che la maggior parte dei guai dipendessero, come nel caso di Linda, dalla spericolata propensione ad andarseli a cercare.

Alla vista di Isabella, già in attesa davanti al portone, provò una curiosa sensazione di sollievo che scacciò tutti i pensieri neri. Con lei stava bene perché gli assomigliava, pensò mezz'ora dopo al ristorante.

Allungò le mani sul tavolino per stringere le sue. «Non ti ho mai detto che sei una ragazza straordinaria?» scherzò, ma non troppo.

«No, però l'ho dedotto facilmente: tu ami soltanto la perfezione.» Isabella rise.

«Ti amo perché sei trasparente, serena, affidabile.»

«Parli della tua ragazza o di una banca?»

«Poco fa ho accompagnato a casa la segretaria dell'agenzia, e mentre parlava mi è venuto istintivo paragonarla a te.»

«*Istintivo* perché?»

«È una che vive impetuosamente collezionando divorzi e pasticci.»

Isabella aggrottò i sopraccigli. «Se ben ricordo, parlavi dei dipendenti di tuo padre come di attempati signori e arzille vecchiette!»

«Linda ha trentotto anni.»

«*Linda*? Siamo già così intimi?»

Matteo rise. «L'ho vista tre volte in vita mia, ma ha trovato il modo di raccontarmi la storia della sua vita. È una persona molto estroversa!»

«Bella?»

«Be', sì. Per chi ama quel tipo di bellezza.»

«Quale *tipo*? Puoi scendere nei particolari?» Isabella sembrava molto incuriosita.

«Alta, gambe lunghe, grandi labbra, riccioloni rossi. Una che non passa inosservata, insomma.»

«Oh, oh! Sembra la descrizione di Laura, la ragazza con cui stavi quando ci siamo conosciuti...»

«Con te ho fatto il salto di qualità.»

«Però anch'io ho una bellezza che non passa inosservata» Isabella insinuò maliziosamente.

«La perfezione dà sempre nell'occhio» lui rispose nello stesso tono.

«Mi hai fatto più complimenti in questo ultimo quarto d'ora che nei precedenti quattro anni. Devo preoccuparmi?»

«E perché mai?»

«Gli uomini si ricordano che la vecchia moglie è perfetta quando debbono convincersi che non vale la pena lasciarla.»

Matteo rise di nuovo. «È un timore prematuro, dal momento che non siamo nemmeno sposati.»

Isabella respirò a fondo e lo guardò negli occhi. «A questo proposito, dovrei farti un discorso importante.»

«Adesso devo preoccuparmi io?»

«*Sul serio*, Matteo. Stiamo insieme da quattro anni, andiamo d'accordo, non ci sono ostacoli di alcun genere: che senso ha continuare a vivere in due case diverse?»

«Davo per scontato che, almeno per il momento, ci andasse bene così.»

«Adesso non più. Col nuovo lavoro non avrai più orari. E comunque arriverai alla sera stanco e stressato, con il solo desiderio di correre a casa e buttarti su una poltrona. Tanto vale che insieme con le ciabatte e un'ottima cenetta tu trovi anche me.»

«Non sapevo che fossi una brava cuoca» obiettò Matteo dopo qualche istante.

Isabella scosse la testa. «Per favore, non buttarla in ridere. Ci ho riflettuto molto, e penso che vivere insieme sia la soluzione migliore per continuare a vederci senza problemi e per non mandare in crisi il nostro rapporto.»

«Credevo che tu volessi laurearti e specializzarti prima di...»

«La convivenza non mi impedirà di frequentare l'università né di studiare. Anzi, in un certo senso...» Isabella si interruppe di colpo. «Ma tu *non vuoi*! Tu... tu ti senti spaventato, in trappola!»

Un cameriere si avvicinò per prendere le ordinazioni e Matteo gli fece cenno di aspettare. Come furono nuovamente soli, si curvò verso di lei. «Non dire sciocchezze. Non avevamo mai fatto dei progetti così immediati e mi hai spiazzato, ecco tutto.»

«La prospettiva di vivere insieme era lontana da te fino a questo punto?»

«Lo era anche da te!»

«Non è vero. Diciamo che con patetica presunzione femminile davo per scontato di essere *io* a prendere tempo, e altrettanto per scontato che avresti fatto salti di gioia nel momento in cui mi fossi decisa.»

«Per i salti di gioia devi darmi tempo.»

«D'accordo.» Si alzò di scatto. «Scusami, ma mi è passata la fame.»

«Isabella, ti stai comportando in modo irragionevole e infantile.»

«Lo so. Ma sono molto offesa, e devi darmi tempo anche tu perché mi passi.»

Matteo la chiamò tre giorni dopo, ma rispose la segreteria telefonica. Vanamente lasciò un messaggio pregandola di farsi viva. Nella settimana che seguì telefonò altre cinque volte, ma senza mai trovarla né sentirla. Dopo la sesta telefonata le lasciò un esplicito messaggio: "*Vedo che hai bisogno di altro tempo, quando ti è passata chiamami tu*".

In realtà, come Isabella aveva previsto, il suo nuovo lavoro lo assorbì totalmente. Qualche sera arrivava a casa talmente stanco che si addormentava davanti al televisore: paradossalmente era soltanto in quelle sere che pensava a lei, e soltanto per constatare quanto faticoso sarebbe stato dover apprezzare le sue cenette, rimettere in ordine la cucina, fare un resoconto della giornata, stare sveglio per conversare.

Con Isabella stava bene, ma quello era il momento meno adatto per iniziare una convivenza. Aveva bisogno dei suoi spazi, della sua libertà, dell'atmosfera silenziosa e ordinata che ritrovava tornando a casa. In cuor suo era certo che neppure lei era pronta per un legame tanto impegnativo: aveva buttato lì la proposta a mo' di bravata, tanto per avere la conferma del proprio potere, e di fronte alla sua reazione di scarso entusiasmo si era dapprima intestardita e poi offesa.

Matteo si vergognava di ammetterlo, ma i tentativi per riconciliarsi con lei erano stati poco appassionati e poco incalzanti perché in quel momento *preferiva* che lei stesse lontana e non lo deconcentrasse dal lavoro.

Analizzando attentamente la situazione dell'agenzia si era reso conto che da tre anni l'attività segnava un decremento costante. Le imprese costruttrici che affidavano alla Immobiliare Morelli le loro case da vendere erano sempre più piccole e sempre meno numerose, anche perché molti lotti erano rimasti invenduti alla fine del mandato. Illudendosi che buon nome e tradizione bastassero, suo padre aveva smesso di promuovere l'agenzia arrivando persino a togliere lo spazio pubblicitario dalle pagine gialle. Il risultato? Era diminuito in modo allarmante anche il numero delle persone che si rivolgevano a loro per comperare o affittare case, terreni e negozi.

«Dalla prossima settimana ricominceremo ad apparire negli annunci pubblicitari del *Corriere*» aveva annunciato un pomeriggio, durante una riunione.

Dal coro di "benissimo", "è un'ottima idea", "questo ci aiuterà moltissimo" si era levata la voce di Linda: «E che cosa possiamo vendere ai clienti che si presentano in agenzia? Il ventaglio delle nostre offerte di affitto e di vendita è attualmente molto limitato. Credo che prima di rilanciarci pubblicitariamente dovremmo ampliare questo ventaglio».

Matteo era rimasto doppiamente colpito da questa osservazione: innanzi tutto perché denotava un elementare buonsenso (e si rammaricava di non esserci arrivato lui!) e inoltre perché a farla era stata Linda: l'ultima persona da cui se la sarebbe aspettata. Lavorando gomito a gomito con lei, aveva avuto la riprova del suo disordine, delle sue distrazioni, della sua incapacità di organizzarsi. A quanto pareva, invece, qualche qualità l'aveva anche lei.

Ne ebbe una sbalorditiva conferma quando, tre giorni dopo la riunione, Linda fece irruzione nel suo ufficio (quella benedetta donna correva sempre!) esibendo alcuni fogli dattiloscritti. «Mi sono procurata l'elenco di tutte le licenze edilizie rilasciate negli ultimi mesi per Milano e provincia e ieri sera, a casa, ho battuto a macchina per ordine alfabetico l'indirizzo dei costruttori. Andandoli a visitare a tappeto, sicuramente tireremo fuori qualche cliente nuovo.»

Matteo rimase a fissarla in silenzio e lei chiese perplessa: «C'è qualcosa che non va?».

«Tutt'altro! Hai avuto un'idea eccellente, e ancora una volta debbo farti i complimenti.»

Linda arrossì di piacere, anche per quel *tu* inatteso e spontaneo. «Sarà bene cominciare a visitare i cantieri che sono allo stadio di lavori più avanzato: oggi la gente tende sempre meno a comperare sulla carta» aggiunse.

«E io che la credevo...»

«Diamoci pure del tu. Che cosa mi credevi?»

«Con la testa per aria» ammise con sbrigativa franchezza.

«Le buone idee vengono sempre dall'alto» lei rise, per nulla offesa.

«Comincio a chiedermi che cosa farei senza di te» rise anche lui.

L'insospettata efficienza di Linda e dei venditori ridimensionò nei giorni seguenti la presunzione con cui aveva esordito nella gestione dell'agenzia: senza il supporto della loro esperienza e delle loro idee, tutti i progetti di rilancio sarebbero miseramente naufragati.

Le visite a tappeto delle imprese costruttrici ebbero un primo riscontro positivo dopo una settimana. L'Immobiliare Morelli ottenne un mandato di vendita in esclusiva per due complessi di ville a schiera sulla Milano-laghi, per un garage sotterraneo con trenta box in zona Fiera e per due prestigiosi attici in corso di Porta Romana. Matteo decise di festeggiare questi successi offrendo una cena a tutti i dipendenti e ai venditori esterni.

«Che ristorante suggerisci?» domandò a Linda.

«Dipende da quello che ti proponi: ci vuoi sbalordire con la tua signorilità e munificenza oppure riunire per una allegra crapula?»

Era tipico di lei, ormai se n'era accorto, porre le domande in modo da ottenere la risposta che voleva. «Ovviamente preferisco l'allegra crapula.»

«Allora conosco una vecchia osteria vicino a Segrate che in questo senso è il massimo. La padrona è una vedova di settant'anni che ormai cucina soltanto su prenotazione e per gli amici: ma divinamente!»

«Hai carta bianca.»

La cena fu fissata per il venerdì successivo: Linda ciclostilò una piantina con l'itinerario per raggiungere l'osteria e la consegnò ai colleghi: si sarebbero trovati sul posto alle otto.

Matteo passò a prendere Linda con la sua macchina e dovette aspettarla dieci minuti sotto il portone. Ne uscì trafelata e col viso scuro, ma sulle prime lui non se ne accorse. Quello che lo colpì fu la sorprendente metamorfosi: jeans, mocassini, capelli raccolti a coda di cavallo e faccia senza trucco, sembrava la studentessa di un college al primo appuntamento. «Non ti avevo mai vista così» disse aprendole la portiera.

«Quella deficiente della baby-sitter non è ancora arrivata» sbottò lei sedendosi. «Non ho mai lasciato i bambini soli a casa di sera, e spero che...»

«Vuoi che ci fermiamo ad aspettarla?»

«Tra un quarto d'ora la padrona serve in tavola e siamo già in ritardo. Comunque la baby-sitter non risponde più al telefono e sicuramente è in strada per venire qui.»

Frugò nella borsetta alla ricerca del pacchetto di sigarette. Fece per accenderne una ma ci ripensò. «Devo decidermi a smettere» borbottò.

«Stai dicendo che non lavorerò più avvolto in una nuvola di fumo?»

«Stare in coda trenta secondi al semaforo è come respirare il fumo passivo di venti sigarette.»

«Ammesso che sia vero, mi risparmierei le tue venti.»

«Sono nervosa, Matteo. È meglio che non mi provochi.»

Le porse il cellulare. «Vuoi sentire se la baby-sitter è arrivata?»

Linda scosse la testa. «Appena arriva, stacca il telefono per fare addormentare Francesco.»

Due ore dopo, l'ansia e il nervosismo di Linda sembravano spariti. Era la prima volta che Matteo la vedeva fuori dall'ufficio, e si stava rivelando una fonte inesauribile di sorprese: era decisamente una donna brillante, piena di vita e anche di fascino. Al termine della cena i dipendenti si scatenarono con cori, barzellette e una riffa improvvisata: a Matteo sembrava di essere tornato agli anni delle gite scolastiche in pullman.

Di tanto in tanto vedeva Linda rabbuiarsi: sicuramente stava pensando ai suoi figli. Era stravagante che si fosse rifiutata di telefonare a casa. Glielo aveva proposto un paio di volte, ma la risposta era stata: «Assolutamente no, se la babysitter avesse dimenticato il telefono staccato o tardasse a rispondere mi verrebbe un infarto!».

Illogicità o masochismo che fosse, quella donna non finiva di stupirlo.

L'ultima sorpresa, purtroppo assai sgradevole, lo aspettava al termine della serata. Erano le due e mezzo: Matteo aveva appena fermato la macchina sotto la casa di Linda e la stava accompagnando al portone, quando ne uscì in gran fretta un uomo.

Linda si arrestò di colpo. «Antonio!» lo chiamò con voce stupita e allarmata. «Che fai qui, a quest'ora?»

L'uomo si diresse minacciosamente verso di lei. «Dovrei chiedertelo io che cosa fai in giro a quest'ora! Ma che razza di madre sei? Come puoi lasciare due bambini soli in casa?»

«È... è successo qualcosa?» Adesso la voce di Linda era strozzata dal panico.

«È successo che alle dieci ha telefonato Carlotta. Il bambino aveva la febbre altissima e lei non sapeva che cosa fare! Mi è toccato correre qui, chiamare la guardia medica, andare in farmacia e...»

«Adesso come sta?»

«Si sono addormentati tutti e due. Ma che razza di madre sei?» ripeté furibondo.

Matteo fece un passo avanti. «Linda è appena stata a una cena di lavoro. Io sono Morelli, il titolare della sua agenzia.»

L'uomo fece un gesto infastidito come dire che non gli importava niente e proseguì: «Mi è toccato lasciare mia moglie e mio figlio per colpa della tua incoscienza».

«Anche Carlotta è tua figlia» Linda sibilò.

«Ma non era lei che stava male! Quel bambino per me è un estraneo... e anche per lei. Vista la vita intensa che conduci, che cosa ti è venuto in mente di adottarlo? Ho il sospetto che *mia figlia* passi il tempo libero e le notti a farti da baby-sitter! È per questo che non l'hai voluta dare a me?»

«Adesso basta» proruppe Matteo, avvampando di indignazione.

«Lei ne stia fuori. È un problema che riguarda me e la mia ex moglie.»

«E allora lo affronti civilmente, senza dire stronzate e senza urlare come un tacchino.»

«Ma come si permette?» Si rivolse a Linda. «Toglimi dai piedi il tuo amichetto oppure gli spacco la faccia.»

«Non è il mio...»

Matteo la spostò bruscamente da una parte e si fece sotto ad Antonio, i pugni levati. «Forza, campione. Se vuoi lo scontro, sono pronto.»

Antonio arretrò istintivamente e Matteo aggiunse irridente: «È più facile aggredire una donna indifesa, vero?»

«Per piacere, smettetela» intervenne Linda.

Il suo ex marito rincarò prontamente: «Sarà meglio, non sono abituato a queste squallide risse».

Fece per voltare le spalle, ma Linda lo afferrò con forza per un braccio. «*Squallido* sei tu che oggi, per la prima volta in dieci anni, hai risolto un problema di tua figlia e ti senti un martire. *Squallido* sei tu che mi accusi di essere una cattiva madre quando sei un padre inesistente in ogni senso. Hai mai condiviso un suo interesse, un suo dolore, una sua gioia? Hai mai versato una lira di alimenti per lei? Dovresti semplicemente vergognarti». Le mancò il fiato.

«Hai finito?»

«Non ancora. Da ora in avanti assolverai *tutti* i doveri che il giudice e il ruolo di padre ti impongono, e bada bene di non scordartelo perché correrò a denunciarti. Adesso ho finito.»

«Ne riparleremo...»

«Se hai qualcosa da obiettare, fallo col mio avvocato. E adesso sparisci.»

Antonio si diresse imprecando verso la sua macchina. Linda lo vide entrare e mettere in moto. Quando scomparve dietro l'angolo della strada sollevò lo sguardo verso Matteo. «Mi dispiace averti coinvolto in una scenata tanto penosa.»

«Sono esterrefatto. Ma come hai fatto a sposare un uomo simile?»

«È un discorso troppo lungo. Adesso devo correre a casa.»

«Salgo con te.»

«È tardi. Non preoccuparti, non ho bisogno di nulla...» Prese le chiavi dalla borsa e cercò quella del portone. Stava tremando.

Matteo gliele sfilò dolcemente dalle mani. «Salgo con te» ripeté, aprendo il portone.

VII

Linda gli indicò il soggiorno. «Accomodati pure, vado a vedere come stanno i miei figli e ti raggiungo» disse dirigendosi in punta di piedi verso la porta di fronte.

Matteo si sedette e subito dopo si rialzò, troppo teso per stare fermo. Più che la sgradevolezza della situazione, a turbarlo era la reazione che l'incontro con quell'uomo gli aveva provocato. Si sentiva addolorato e preoccupato per Linda e, allo stesso tempo, pieno di sensi di colpa per non aver capito prima di quanta dignità e forza d'animo fosse dotata.

In quelle settimane l'aveva vista fermarsi in ufficio fino a tardi, lavorare di sabato, correre ai cantieri di domenica: si era mai chiesto quanto tutto questo le costasse? Mentre lui la considerava disorganizzata e un po' pazza, e dava la sua disponibilità come scontata, lei faceva miracoli per conciliare casa e ufficio, figli e straordinari. E non l'aveva mai sentita protestare o affermare d'essere stanca.

I debiti, i prestiti, i matrimoni avventati che fino a poche ore prima gli erano sembrati segni di una esistenza superficiale e senza ordine, d'un tratto gli apparivano per ciò che erano: amarissimi problemi. Il solo pensare all'ex marito di Linda gli faceva montare il sangue al viso. Un farabutto. Un vile. E gli veniva il sospetto che il secondo non fosse molto diverso.

Devo fare qualcosa per aiutarla, si disse avvicinandosi alla libreria e raddrizzando meccanicamente due libri che erano caduti sul ripiano. Lo sguardo gli cadde sulle fotografie incorniciate d'argento che erano posate sul tavolino poco distante. Si avvicinò per osservarle: Linda col vestito della Prima Comunione, Linda che volteggiava sui pattini, Linda con una neonata tra le braccia, Linda seduta sull'altalena con una bambina più grande sulle ginocchia, la stessa bambina che mangiava la pappa, un maschietto che camminava carponi sul pavimento...

Prese in mano la fotografia di Linda col vestito della Prima Comunione: dalla cuffietta di pizzo bianco spuntava un ricciolo color fiamma. Dunque i suoi capelli rossi non erano tinti, pensò stupito. Si soffermò a osservare i particolari: benché si trattasse chiaramente della classica immagine posata, Linda fissava l'obiettivo con lo sguardo allegro e un sorriso luminoso.

«Scusami, mi sono fermata a parlare con Carlotta che si era svegliata e poi ho misurato la febbre a Francesco» Linda disse giungendogli alle spalle.

«Come sta?»

«L'antipiretico ha fatto effetto e mi sembra tranquillo.» Gli rivolse un breve sorriso. «Perché sei ancora in piedi?»

«Stavo guardando le tue fotografie.» Indicò quella che aveva in mano. «Sei rimasta la stessa.»

Linda scosse malinconicamente la testa e andò a sedersi. «In questo momento mi sento come se avessi cent'anni... Matteo, debbo ancora scusarmi per quello che è successo.»

«Ne hai forse colpa tu?» ribatté sedendosi accanto a lei.

«Fino a stasera non avevo mai avuto uno scontro tanto violento con Antonio. Ero anzi fiera di essere riuscita a mantenere un rapporto civile con i miei ex mariti.»

«Che cosa intendi per *civile*? Lasciarli comportare da mascalzoni, non protestare mai, non chiedere mai nulla?»

«Una mia amica psicologa dice che sono capace di qualunque idiozia pur di supportare il mio complesso di superiorità» Linda ammise seria.

«E dei tuoi ex mariti che cosa dice?»

«Si limita a disistimarli silenziosamente.»

«Mi piace, questa tua amica.»

«È la persona che amo di più al mondo dopo i miei figli.»

Matteo si schiarì la voce. «Non mi avevi mai detto che Francesco è stato adottato.»

«L'ho avuto soltanto in affido, purtroppo. L'anno scorso

ho fatto domanda per poterlo adottare e la pratica è finita in mano a un giovane giudice minorile che tra due mesi deciderà se lasciarmelo oppure portarmelo via.» Gli occhi di Linda si arrossarono di lacrime.

«*Portartelo via*? E perché?»

«Sono una donna sola e, quel che è peggio, con due matrimoni sbagliati alle spalle. Il giudice non è sicuro che io possa offrire al bambino la stabilità affettiva e famigliare di cui ha bisogno per crescere serenamente» recitò cupamente.

«È pazzesco. Hai almeno un bravo avvocato?»

«Ho un avvocato e basta. Sarei anche andata a mendicare o a rubare per farmi assistere da un principe del foro, ma l'amica di cui parlavamo sostiene che il giudice minorile sarebbe infastidito e insospettito se mi presentassi da lui con un grande legale. Vedi, qui non si tratta di fare un'arringa sapiente o trovare qualche sofisticato cavillo. Il giudice deve convincersi *da solo* che posso essere per Francesco la migliore possibile delle madri adottive. E proprio per questa ragione Sara, la mia amica, ha evitato di mettere in moto il solito meccanismo delle conoscenze e delle raccomandazioni.»

«Ma una strada per far ragionare quel giudice deve pur esserci!»

«L'assistente sociale, che fino a qualche tempo fa mi era ostile, adesso sta dalla mia parte. Due giorni fa si è sbilanciata per la prima volta, dicendo che si esprimerà favorevolmente nei miei confronti.»

«Bontà sua.»

«Non è così facile piacere a una assistente sociale» disse Linda con sussiego. Nella sua voce c'era una nota di orgoglio quasi infantile che intenerì Matteo e, subito dopo, lo allarmò. *Sei incapace di tenerezza*, lo aveva rimproverato una delle sue prime ragazze. Ed era vero. Che cosa gli stava succedendo, adesso? Non *poteva* lasciarsi emotivamente coinvolgere da quel mare di problemi. Ma nel momento in cui tentava di rientrare in sé, risvegliando la familiare repulsione per complicazioni e guai, l'allarme crebbe. Ormai era molto più che coinvolto: indignato, avvilito, smanioso di proteggere e confortare...

Guardò l'orologio, un gesto istintivo che faceva sempre

quando si sentiva a disagio o voleva ristabilire un contatto con la realtà.

Linda notò quel gesto e si sollevò in fretta dal divano. «Si è fatto tardi e io ho approfittato abbastanza di te.»

Si alzò anche lui, ma lentamente. «Non sono stanco.»

«Lo sarai domani... anzi, tra pochissimo. Sono le quattro del mattino.»

«Ti chiamerò verso le dieci per sapere come sta il piccolo.»

Linda lo guardò mortificata. «Credo che dovrò prendere un giorno di permesso.»

«Pensa soltanto a tuo figlio e non preoccuparti per l'agenzia.»

«Carlotta mi ha detto che Francesco ha avuto una crisi convulsiva e che si è spaventata per questo. Potrebbe essere stato causato dalla febbre molto alta, ma non era mai successo prima e voglio chiamare il pediatra per una visita più accurata di quella che gli ha fatto la guardia medica.»

«Pensa solo a tuo figlio» ripeté Matteo. «Possiamo cavarcela anche senza di te.»

«Mi dispiace, davvero. So quanto c'è da fare in questo momento, e...»

«Linda, smettila di sentirti in colpa.»

Lei annuì silenziosamente. Fosse facile, disse a se stessa mentre lo accompagnava alla porta. Le sue giornate erano diventate una tale rincorsa di cose da fare che persino mentre compiva un dovere si sentiva in colpa pensando a un altro dovere che trascurava.

Alle nove Francesco aveva nuovamente la febbre a 40 e poco dopo, quando arrivò il pediatra, lamentava un violento mal di testa. Due giorni dopo, nonostante le cure prescritte, non era ancora sfebbrato: come cessava l'effetto degli antipiretici, la temperatura si rialzava. Il pediatra suggerì a quel punto di ricoverarlo in ospedale il tempo necessario perché fosse sottoposto alle analisi e agli esami del caso.

Ve lo tennero cinque giorni e alla fine la diagnosi, che a Linda parve vaga ma tranquillizzante, fu di febbre virale. Era stata la febbre a causare l'attacco convulsivo. Liberata dall'inconfessato terrore che si trattasse invece di un sintomo di epilessia, (le enciclopedie mediche sfogliate freneticamente non avevano fatto che alimentarlo) Linda riportò a casa Francesco e dovette affrontare il problema del lavoro.

In quei giorni Matteo le aveva telefonato regolarmente ed era venuto anche a trovare il bambino in ospedale, continuando a ripeterle di non preoccuparsi per il lavoro. Ma Linda era consapevole dei disagi e dei problemi logistici causati dalla sua assenza. Vi erano imprese che aveva contattato lei, bozze di contratto che aveva steso lei, appuntamenti e visite che aveva fissato lei. *Doveva* riprendere il lavoro, sia pure per qualche ora al giorno, ma a chi affidare Francesco? Delle baby-sitter non si fidava più, Sara era appena rientrata da un congresso ed era oberata di impegni, chiedere aiuto all'assistente sociale sarebbe equivalso a dare una prova di inquietante inaffidabilità... Non le restava che rivolgersi a sua madre.

Dopo trenta secondi di telefonata il suo *non posso* era già esplicito e definitivo, ma Linda fu costretta ad ascoltare per un quarto d'ora giustificazioni penose, consigli non richiesti, rimproveri sotterranei.

Aveva appena riattaccato quando Matteo venne a trovarla. Lei gli riassunse brevemente e con amarezza il colloquio con sua madre. «Come vedi, vige sempre il ferreo *Ulli ulli, chi li fa se li trastulli.*»

«Linda, sono stanco di ripeterti che non devi preoccuparti per il lavoro!»

«Preferirei che fossi un principale pretenzioso e ottuso. La tua comprensione mi fa sentire ancora più a disagio perché so bene che in questo periodo la mia presenza in agenzia sarebbe necessaria.»

«Di' pure indispensabile» ammiccò Matteo. «Ma esistono delle priorità che vanno rispettate.»

Linda era a casa da otto giorni quando queste priorità mutarono inaspettatamente d'ordine. Il direttore della banca in cui Matteo aveva lavorato lo mise in contatto con Giovanni Loi, un cliente che era titolare di una importante impresa edile. Unendosi ad altre due imprese, Loi aveva rilevato da una società in difficoltà finanziarie un complesso residenziale di ottanta appartamenti sul lago di Garda.

«Venti sono stati venduti in fase di progetto» spiegò Matteo a Linda, «ma per gli altri sessanta e per gli spazi commerciali la nostra agenzia potrebbe ottenere un mandato di vendita in esclusiva. Tutto dipende da...»

«Dalle garanzie che offriremo e dalla percentuale che chiederemo per la mediazione» interruppe Linda in tono sicuro.

«Risposta inesatta!» la riprese Matteo. «Tutto dipende dall'incontro che avremo con l'impresario e dall'impressione che gli faremo. Loi, a quanto ho capito, è un uomo molto simile a mio padre: stessa età, stessa diffidenza del nuovo, stessa fede nel proprio istinto.»

«Non dirmi che ha anche la stessa avversione per l'informatica e i computer!» Poiché Matteo non diede alcun segno di apprezzare la sua battuta, lo guardò interrogativamente. «Dove sta il problema?»

«Dobbiamo incontrarlo sabato prossimo nella sua casa di Antibes, sulla Costa Azzurra. Va sempre lì per i fine settimana.»

«*Dobbiamo*?»

Matteo aggirò la domanda. «Giovanni Loi tiene in grande considerazione il parere della moglie, e ad Antibes ci sarà anche lei. Io con le anziane signore non ci so proprio fare, e mi sentirei molto più rilassato e tranquillo se venissi con me.»

Linda gli lanciò un'occhiata incuriosita. «Credevo che avessi una fidanzata.»

«Tre mesi fa abbiamo litigato e non l'ho più sentita.»

«Questa potrebbe essere un'ottima occasione per riallacciare i rapporti.»

«Linda, vorrei che venissi *tu*. Prevedo che tra un convenevole e l'altro si parlerà anche di lavoro e della nostra agenzia. Io ne so ancora troppo poco per esprimermi con la sicurezza dovuta.»

Linda annuì, con espressione assorta. «Ho il problema dei bambini, purtroppo.»

«Lo so bene. Ma io ho una soluzione da proporti: Natalina, la vecchia tata che vive con noi, potrebbe venire a casa tua e prendersi cura di loro mentre siamo via. Ti assicuro che puoi fidarti: ha cresciuto prima mia madre, poi me e mia sorella.»

«Dovrei pensarci.»

«Devi soltanto dire sì.»

«Ma questa Natalina è disposta a venire da me?»

«Basta che io glielo chieda ed è cosa fatta.»

Linda esitò. «Non so che cosa fare... I miei figli non la conoscono, e lei stessa potrebbe avere dei problemi trovandosi sola in un ambiente nuovo.»

«E allora sai che cosa facciamo? Domani pomeriggio l'accompagno a casa tua e vi conoscerete tutti, così non ci saranno più problemi.»

VIII

Appena arrivato in ufficio, Matteo telefonò a sua madre preannunciandole che quella sera sarebbe andato a cena da lei perché doveva parlarle. No, non c'erano dei problemi con l'agenzia. No, Isabella non sarebbe venuta con lui. No, non era necessario che fosse presente anche la sorella. No, non si trattava affatto di una cosa *importante* o di una brutta notizia, anzi...

Riattaccò sogghignando, con il sottile sadismo del giustiziere: sua madre si era mostrata troppo curiosa e lui l'aveva castigata non anticipandole nulla e costringendola a elucubrare per tutto il giorno. Quando la sera andò da lei, si aspettava di trovarla alla porta fremente d'impazienza.

Invece venne ad aprirgli Natalina. «Tua madre si sta asciugando i capelli, dice se mentre aspetti puoi cambiare la lampadina del guardaroba» riferì asciutta. Non si era ancora rassegnata alla proibizione di usare la scala e ai limiti che erano stati posti alle sue incombenze da quando, sei mesi prima, era malamente precipitata dall'ultimo ripiano della libreria mentre spolverava.

Natalina voleva fare tutto e arrivare dappertutto. Matteo non ricordava di averla mai vista seduta: persino quando seguiva i quiz di Mike Bongiorno, la sua grande passione, andava e veniva dal soggiorno trovando qualcosa da fare. Piccola di statura, sguardo severo e sempre attento, era muscolosa e robusta come un torello: a Matteo riusciva difficile rendersi conto che stava invecchiando.

Natalina era stata, per lui e per sua sorella Paola, la confidente, la complice, la grande amica. Dietro i modi scorbutici e le parole brusche si nascondevano gli slanci e le ingenuità di una bambina. Neppure da piccoli l'avevano mai vista come una persona adulta: giocava con loro arrabbiandosi e infervorandosi, senza mai mostrare la diligente condiscendenza dei grandi quando intrattengono i piccoli. Soltanto col tempo lui e sua sorella avrebbero capito quanto amari fossero stati i suoi primi vent'anni: Natalina aveva raccontato la sua storia come se fosse stata un romanzo, sorvolando sui particolari più dolorosi (forse perché li aveva rimossi) per soffermarsi con appassionata enfasi di narratrice su quelli più avventurosi.

Nata in una poverissima famiglia di contadini del Sud, aveva cinque anni quando gli zii l'avevano portata con loro in America. Mentre gli zii erano al lavoro, lei accudiva i loro quattro figli. Non era mai andata a scuola e aveva imparato a leggere (ma non a scrivere) attraverso le figure dei libri dei cuginetti. Aveva sedici anni quando lo zio, coinvolto in una storia di ricettazione e timoroso di essere identificato e processato, era rimpatriato in gran fretta con la famiglia, "lasciandola in pegno" a un socio di malaffari.

Si trattava in realtà, a detta di Natalina, di un gran bravo signore che se l'era presa in casa come una figlia e sei mesi dopo, rimasto vedovo, l'aveva portata nello Stato del Maryland e se l'era sposata. Purtroppo sulla strada del ritorno la loro automobile era finita fuori strada e l'uomo era morto sul colpo. I figli fecero sparire il certificato di nozze e buttarono Natalina fuori di casa. Non sapendo che cosa fare, dopo aver girovagato per tutta la notte entrò in una chiesa cattolica e aspettò che il prete finisse di dir messa per chiedergli aiuto.

Il prete si rivolse al Consolato e Natalina fu rimandata in Italia, nel paese d'origine. Sua madre era morta, suo padre non si ricordava più di lei, i suoi fratelli erano degli estranei...

A questo punto, mentre Matteo e Paola bambini trattenevano il fiato, la voce di Natalina si faceva allegra e eccitata: arrivava il momento del miracoloso colpo di scena, conciso e senza storia come ogni lieto fine. "Nell'albergo sulla costa dove andai a lavorare come cameriera, conobbi i vostri nonni e la vostra mamma, appena appena signorinella, che si trovavano lì in vacanza. Da allora non li ho lasciati più."

Alle insistenze perché raccontasse qualcosa di più, Natalina tagliava bruscamente corto. "Che cosa c'è da aggiungere? Quando la vostra mamma si è sposata, io sono andata a vivere con lei. Poi siete nati voi e il resto lo sapete."

È curioso, Matteo pensò scendendo dalla scala, che una intera esistenza si possa ripercorrere nei due minuti necessari per cambiare una lampadina.

«L'hai avvitata bene?» la voce diffidente di Natalina.

«Certo! Io faccio *tutto* bene» celiò.

«Io invece non sono più buona a nulla, secondo tua madre. Ieri ha detto che mi stanco troppo anche a venire a casa tua.»

«E tu?»

«L'ho fatta stare zitta subito. *Riposati*, *stai ferma*, *adesso basta*, *mettiti a guardare la televisione con me*... Ma per chi mi ha preso, per la sua schiava?»

«La mamma si preoccupa per te perché ti vuole bene.»

«Si preoccupa perché mi crede una scema. Io me la sono cavata anche da sola a Nuova York, in una notte di bufera.»

«Lo so, lo so.»

«Ma adesso basta, sennò mi faccio il sangue amaro. Tu vatti a sedere davanti alla televisione, io ho la roba sul fuoco.» Prima di entrare in cucina, Natalina dirottò verso il bagno e bussò energicamente alla porta: «Sbrigati ad asciugare i capelli perché è quasi pronto in tavola».

Matteo capiva al volo quando sua madre era risentita o aveva qualche rimostranza da fare: anziché stare sulle sue e scoraggiare ogni tentativo di conversazione, come ci si sarebbe aspettati da ogni persona permalosa, lei si mostrava esageratamente cordiale e loquace. Era una sua ormai scoperta strategia per fuorviare l'interlocutore e sferrare l'attacco a sorpresa e come per caso.

Così avvenne quella sera. Non appena sua madre si decise a raggiungerlo e gli gettò le braccia al collo come se non lo vedesse da mesi, Matteo si predispose psicologicamente all'inevitabile momento delle rimostranze e della resa dei conti. Ma arrivarono alla frutta e ancora sua madre continuava a conversare e sorridere amabilmente, senza peraltro dare alcun segno di quella curiosità che credeva di aver risvegliato in lei.

Adesso era Matteo a dare chiari segni d'impazienza. Che cosa aspettava a vuotare il sacco? Natalina si alzò da tavola annunciando che andava a preparare il caffè e sua madre gli rivolse un ennesimo sorriso. «Oggi ho parlato con Isabella» disse in tono casuale.

«Ci siamo frequentati poco, in questi ultimi tempi.»

«Non ti sente da tre mesi.»

«Abbiamo avuto una discussione e...»

«Me l'ha raccontato.»

«Ignoravo che foste grandi amiche» osservò Matteo ironico.

«È una brava ragazza. Quando la chiamerai?»

«Mamma, non mi pare il...»

«Il suocero di Paola è molto amico di Malavasi, uno dei tuoi venditori» lo interruppe d'un fiato.

Matteo la guardò come se fosse impazzita. «Che c'entra il suocero di Paola, adesso?»

«Malavasi gli ha detto che stai sempre con la tua segretaria.»

«È naturale, visto che è la mia segretaria. A proposito, è proprio di lei che stasera volevo...»

«Non fare finta di non capire! Lo sanno tutti che hai perso la testa per quella donna!»

«*Tutti* chi?»

Natalina tornò in soggiorno con i caffè e gli mise davanti la tazzina facendogli cenno di stare calmo. «Bevilo intanto che è caldo.»

Sua madre le indicò la sedia. «Lasciaci parlare, per piacere.» E, rivolta al figlio: «Tutti quelli dell'agenzia. Questo pomeriggio ti ho chiamato in ufficio e un'impiegata mi ha detto che eri andato a casa di quella donna.»

«Si chiama Linda, mamma. Da qualche giorno non può venire in ufficio perché ha il figlio malato e così sono dovuto andare io da lei. Per parlare di lavoro.»

«E chi sarà mai, questa Linda? Un genio della finanza?» sua madre chiese sarcastica.

«È una collaboratrice insostituibile» fu la secca replica. Alzò gli occhi su quelli di sua madre e ve li tenne fissi. «Sabato prossimo devo partire per un breve viaggio di lavoro e la presenza di Linda mi è indispensabile. Stasera sono venuto proprio per chiederti se Natalina può trasferirsi per un paio di giorni da lei e dare un'occhiata ai suoi figli durante la sua assenza.»

«Tieni fuori Natalina da questa storia!» strillò. «Ma hai perso la testa? Non ti vergogni a stare con una donna matura, con due figli e un passato...»

«Linda non ha nemmeno quarant'anni ed è una persona onesta e degna.»

«Allora non lo neghi! Hai una relazione con lei!»

«Mamma, questo non ti riguarda.» Si impose di restare calmo. «Sono venuto qui soltanto per chiederti se Natalina può andare a casa di Linda mentre...»

«Perché non lo chiedi a me?» Natalina intervenne in tono risentito. «Cammino con le gambe di tua madre? Ho bisogno del permesso di tua madre per decidere di andare o non andare da qualche parte?»

«Hai ragione» Matteo concedette con sollievo. Non aveva davvero previsto quella sgradevole scenata e cominciava a temere che sua madre si sarebbe irrigidita creandogli non poche complicazioni per il viaggio con Linda.

Rivolse alla tata un sorriso grato e ammiccante. «E allora, me lo fai il piacere di andare a casa della mia segretaria?»

Natalina scosse energicamente la testa. «No.»

La fissò sbalordito. «Come hai detto?»

«*No e poi no*» la tata chiarì, il tono di una bambina dispettosa.

Matteo si alzò di scatto. «Grazie lo stesso...» Tacque qualche istante. «Da domani ti risparmio anche la fatica di farmi le pulizie. Alla tua età è meglio stare riguardati» disse con lo stesso tono dispettoso.

Si alzò anche sua madre. «Se non c'è altro, va' pure.»

«Vuoi restituirmi le chiavi di casa, per favore?»

«Natalina, valle a prendere.» Si rivolse al figlio. «Hai dimenticato di dirmi qual è il motivo del tuo viaggio. L'agenzia appartiene anche a me e a tua sorella, e da ora in avanti farai bene a informarci di tutto quello che fai e decidi.»

«Incaricherò il commercialista di tenervi al corrente.»

Matteo si svegliò alle cinque oppresso da un senso di incredulità e repulsione. Non gli era mai accaduto di scontrarsi così penosamente con sua madre né di vederla comportarsi in modo tanto aggressivo e meschino. Ma era più furioso con se stesso che con lei. Perché non aveva troncato la discussione mettendo subito in chiaro che con Linda esisteva soltanto un rapporto di lavoro? Quale irragionevole e perversa ragione l'aveva addirittura spinto a darle la certezza di avere una relazione con lei?

Tutto era degenerato nel momento in cui sua madre aveva ipotizzato la relazione come qualcosa di impensabile e indecente: il suo bravo ragazzo irretito dalla donna navigata e *matura*. Sì, erano stati proprio quel giudizio rivoltante e quella presa di distanza tanto rigida a scatenare la sua reazione: che, d'un tratto, non gli appariva affatto irragionevole.

Si era innamorato di Linda e, facendo credere a sua madre che fosse la sua donna, aveva solamente precorso i tempi. *Voleva* avere una relazione con Linda e, mettendo in chiaro che si trattava di una persona degna, si era limitato a mettere le mani avanti. Al momento opportuno non ci sarebbero più state rimostranze e risse. In un certo senso meglio così: l'argomento poteva considerarsi chiuso ancor prima di rendersi necessario.

Quanto a Natalina, forse era arrivata l'ora di ridimensionarla: la mitizzata creatura dagli slanci di bambina si era trasformata in una anziana zitella umorale ed egoista. L'affetto per lei restava intatto, ma preferiva non averla più tra i piedi.

Adesso però si riproponeva il problema che aveva creduto di poter facilmente risolvere: a chi affidare i bambini di Linda? Prima di andare in ufficio sarebbe passato a casa sua per parlarne. Ovviamente senza fare cenno a quanto era accaduto con sua madre: avrebbe inventato che Natalina stava poco bene, o si era rotta un piede.

Ma non fu necessario. Alle dieci, quando andò da lei, Linda gli diede subito la buona notizia: l'amica Sara aveva il fine settimana libero e si sarebbe presa cura dei bambini.

Matteo si impose di non far trasparire il proprio sollievo. «Se preferisci così...»

«I miei figli la conoscono bene, e poi mi dispiaceva disturbare la tua vecchia tata. Ma non vuoi accomodarti? Sara è ancora qui.»

Era inginocchiata sul tappeto davanti a Francesco e insieme stavano componendo un puzzle. Quando Linda fece le presentazioni, sollevò lo sguardo e agitò la mano libera dalla sigaretta con un generico «Salve!»

«Salve» fece eco Matteo. Lo sguardo di Sara era tornato a posarsi sul puzzle, ma aveva la sensazione che in pochi istanti lei lo avesse analizzato dalla testa ai piedi.

«Vado a prepararti un caffè» Linda disse sparendo verso la cucina. Matteo si sedette sul bordo del divano e si curvò verso il puzzle, tanto per darsi un contegno. Un occhio di Aladin lo fissò furbescamente. Scorse l'altro tra cartoncini colorati sparsi ai suoi piedi e lo porse al piccolo che lo afferrò con un sorriso. «Grazie! Vuoi giocare anche tu?»

«Resto qui, e se vedo qualche pezzo che ti serve te lo passo.»

Il bimbo allargò le braccia. «Ma i pezzi mi servono tutti!»

Matteo gli scompigliò i capelli intenerito e divertito. «Allora ti aiuterò a cercarli.» Curvò la testa con ostentata concentrazione e lo sguardo gli cadde su un ricciolo di cenere che Sara aveva fatto cadere sul tappeto. D'istinto prese un piattino d'argento dal tavolino e glielo depose accanto.

Sara lo guardò nuovamente. «Messaggio ricevuto. Però questo non è un posacenere, è un soprammobile.» Gli occhi le ridevano.

«Mi dispiace.»

«E di che cosa?» Schiacciò il mozzicone con cura. «Come tutti i fumatori, anch'io ho un pessimo rapporto con i posacenere.»

«Non ho mai fumato.»

«Bravo, così si fa.»

«Mio padre fumava, però i sigari» Matteo si sorprese a dire. Perché l'amica di Linda doveva intimorirlo al punto da trasformarlo in un imbecille? Gli sembrava di essere tornato ai tempi delle interrogazioni a scuola, quando aggirava le domande a cui era impreparato dicendo le prime fesserie che gli venivano in mente.

«Sara, o giochiamo oppure vado a vedere i cartoni in camera mia» protestò Francesco.

«È una buona idea. Tra poco devo andare a lavorare, ma sabato faremo tutti i puzzle che vorrai.»

«Ti aiuto a mettere i pezzi nella scatola» Matteo si offrì sperando che nel frattempo Linda ricomparisse dalla cucina. L'idea di restare solo con la sua amica psicologa non gli andava affatto.

«Li metto a posto dopo» decise il bambino.

E sparì anche lui. Ma quanto tempo ci voleva per fare un caffè? Sara si sollevò dal tappeto e si sedette a gambe incrociate nella poltrona di fronte. «Come si trova col suo nuovo lavoro all'agenzia?» s'informò gentilmente.

«Molto bene... So che terrà i bambini di Linda, e debbo ringraziarla per il grande favore che indirettamente ha fatto anche a me.»

Sara gli lanciò un'occhiata obliqua. «Mi fa piacere che Linda le sia così necessaria.»

«All'inizio l'avevo sottovalutata. Insomma, mi sembrava un po' caotica, pasticciona, con la testa per aria...»

Di nuovo quell'occhiata. «E lo è!»

«Come tutte le persone creative ed entusiaste» Matteo si infervorò. «In compenso, Linda ha una capacità straordinaria di andare all'essenza dei problemi e trovare immediatamente la soluzione migliore.»

Sara divenne seria. «Non la sopravvaluti. Linda sta girando da anni attorno ai suoi problemi e per alcuni ha trovato soltanto soluzioni catastrofiche.»

Adesso fu lui a guardarla. «Ho conosciuto Antonio, il suo primo marito. Non avevo mai incontrato un essere umano tanto squallido.»

«Se conoscesse Fabio, il secondo, capirebbe che al peggio non c'è mai fine.»

«Linda non mi ha mai parlato di lui.»

«È un pallone gonfiato di se stesso, e cioè di nulla. Linda l'ha praticamente mantenuto per tre anni, persuasa di consegnare un genio incompreso ai posteri. La massima fortuna di Fabio è che non tutti hanno ancora compreso la sua nullità. Adesso vive con una gallerista di mezza età che sta sperperando una fortuna: ufficialmente per lanciare i suoi quadri, in realtà per assicurarsi le grate prestazioni di un giovane maschio.»

«È incredibile che una donna come Linda abbia potuto sposare due persone simili. Lei che è sua amica come lo spiega?»

Linda tornò in soggiorno quando lui aveva ormai smesso di sentirsi a disagio e cominciava anzi ad apprezzare l'insperata opportunità di parlare di lei con la sua migliore amica. Ovviamente il discorso finì lì. «Ci rivedremo» Matteo le disse nel congedarsi. Poteva sembrare la solita frase di circostanza, ma non lo era affatto.

IX

Venerdì, vigilia della partenza. Linda uscì dall'ufficio alle cinque e corse in una boutique poco distante, dove alcuni giorni prima aveva adocchiato un tailleur in cady nero con i risvolti e i bottoni in raso. Era il capo classico che le mancava. Sperò che non l'avessero già venduto e, soprattutto, di poterlo pagare con la carta di credito.

Notò sulla vetrina l'adesivo della CartaSì ed entrò. Il tailleur c'era ancora, ma nell'indossarlo si accorse che le dava un aspetto da severa e raffinata signora che non era il suo. Respinse con gentilezza l'offerta di provare un giacchino verde e una tunica in seta a fiorellini e si diresse a grandi passi verso la trasversale di via Porpora in cui aveva parcheggiato la macchina.

Tra poco più di due ore Sara sarebbe arrivata a casa sua: nel frattempo, doveva riordinare per lei la stanza di Carlotta, aprire per Carlotta la poltrona letto nella cameretta di Francesco, preparare la cena, apparecchiare la tavola.

Sperò che quella sera i figli si addormentassero presto e l'amica trovasse qualcosa di interessante alla televisione: lei doveva anche lavarsi i capelli, fare la ceretta alle gambe, decidere quali vestiti portare, preparare la valigia. Mi riduco sempre a fare le cose all'ultimo minuto perché in quelli precedenti ho avuto sempre altre cose da fare, rispose tra sé con silenziosa ira all'accusa che tutti le rivolgevano.

Si arrestò di scatto: dove era finita la sua auto? Ricordava benissimo che al mattino l'aveva parcheggiata esattamente in quel punto, tra il negozio di fiori e la forneria. Adesso c'era uno spazio desolatamente vuoto. Rimase a fissarlo mentre rifletteva sul da farsi. Chi poteva aver rubato un'ammaccata e sfiatata utilitaria vecchia di dodici anni?

La risposta gliela diede un'anziana signora, sporgendosi dalla finestra del primo piano: se stava cercando la macchina rossa, era stata portata via due ore prima dal carro attrezzi perché ostruiva l'accesso ai garage del palazzo. Solo in quel momento Linda si accorse di aver parcheggiato davanti a un passo carrabile con tanto di cartello bene in vista sul portone.

Imprecando contro la propria distrazione, entrò in un bar e telefonò a casa per spiegare a Carlotta quello che era successo e avvertirla che avrebbe tardato. Il recupero della macchina fu assai più lungo del previsto ed erano quasi le nove quando finalmente arrivò a casa.

Sara aveva fatto cenare i bambini e preparato i letti per la notte e tutti insieme stavano guardando un film alla televisione. «Vai a mangiare anche tu e non preoccuparti per noi. Ti ho lasciato una cotoletta nel forno» le disse.

Linda la mise in mezzo a un panino senza scaldarla e mentre mangiava andò nella sua stanza. Con la mano libera calò una valigia dal ripiano dell'armadio e la posò sul letto. Lasciò le ante aperte e finì il panino osservando con aria assorta i vestiti appesi all'interno.

Se vuoi sapere tutto di una donna chiedilo al suo guardaroba, pensò seriamente. Bastava dare un'occhiata ai suoi vestiti per capire che appartenevano a una donna con molta fantasia e pochi mezzi, allegra ma dall'esistenza austera: non si vedevano toilette firmate né da sera, ma soltanto vestiti colorati e completi da giorno che denotavano uno stile ed una provenienza casuali. "Invece di dieci schifezze prese qui e là, potresti comperarti una sola cosa ma di classe", era il rimprovero che le faceva Carlotta. Probabilmente aveva ragione.

Al diavolo, reagì alzando le spalle. Non devo andare a una sfilata di moda o a un ricevimento di corte, ma soltanto a casa di un anziano impresario per sottopormi all'esame della sua anziana moglie mentre lui e Matteo parlano di affari. Con gesti decisi tolse dalle grucce i capi più sobri e li mise in valigia. Erano quasi le dieci, e Francesco era ancora alzato.

Andò in soggiorno pronta ad affrontare la solita discussione per strapparlo dal televisore, ma lo trovò già in pigiama, pronto per andare a letto. «Sara ha promesso che mi racconta *tre* favole» annunciò festoso.

«E io ti prometto che ti porterò un bel regalo, se farai il bravo bambino.»

Francesco la guardò con superiorità. «Anche se farò il cattivo non importa, perché intanto l'hai già comperato e di sicuro me lo dai.»

«Uomini» sentenziò Sara. «A quattro anni, hanno già capito come funzionano le cose.»

Linda si stava depilando le gambe quando Carlotta venne a salutarla. Si fermò sulla soglia del bagno. «Credevo che partissi per un viaggio di lavoro» osservò. Ma non le diede il tempo di rispondere. «Oggi ha telefonato mio padre e mi ha invitato a pranzo per domenica. Se sei d'accordo, passa a prendermi e mi riaccompagna a casa lui.»

Linda si impose di non polemizzare. «Va bene.»

«Io vado a letto. Ciao, divertiti.»

Si avvicinò e le porse una guancia. Carlotta non la baciava mai: si limitava graziosamente a farsi baciare, e soltanto da poco tempo aveva smesso di sfregare le dita sulla gota, come a cancellare l'impronta delle sue labbra. A volte le sembrava che la figlia provasse quasi repulsione della sua fisicità.

Ma in quel momento non voleva amareggiarsi coi soliti pensieri neri. Girò la leva della doccia e, dopo essersi tolta dalle gambe i residui di crema depilatoria, cosparse il corpo di bagno schiuma e si mise sotto il getto dell'acqua strofinandosi vigorosamente. Poi si avvolse nell'accappatoio e asciugò i capelli tenendo il phon al minimo per non fare rumore.

Stava applicando attorno alle labbra e sul mento le striscioline di cerotto idratanti e rivitalizzanti quando Sara bussò alla porta del bagno. Si fermò a guardarla con l'identica espressione perplessa e disapprovante di Carlotta. «Che cosa ti sei messa in faccia?»

Linda le indicò la scatola. «Leggi tu stessa.»

Sara ignorò l'invito. «Hai trentotto anni» disse con una strana voce.

«Appunto. Se ne avessi venti, non avrei bisogno di restauri.»

«Sei troppo giovane per i restauri e troppo vecchia per Matteo Morelli.»

«Ma di che cosa stai parlando?» Linda si irrigidì.

«Matteo non è come i tuoi mariti. Se ti butti in questa storia, ne uscirai con il cuore spezzato.»

«Continuo a non...»

«Ne uscirà a pezzi anche lui, quando capirà che non può farcela.»

«Tutto questo dramma per otto anni di differenza d'età» sbottò con sarcasmo. «Parlo in linea di principio, sia chiaro.»

«Perché non parliamo seriamente, Linda?»

«Perché domattina debbo svegliarmi alle cinque.»

«Telefonagli che stai male. Non partire.»

«Sei impazzita? Andiamo ad Antibes per lavoro, nel caso te lo fossi scordata!»

Sara scosse la testa. «State andando dritti verso un letto, e tu ti stai preparando eccitata e impaziente come una fanciulla alla vigilia delle nozze.»

«Mi rifiuto di ascoltarti.»

«Tu non aspetti altro che innamorarti di nuovo e lui vuole conoscere la grande passione. Siete il classico caso di due persone sbagliate che si incontrano nel momento giusto per darsi quello di cui hanno bisogno. Ma quando la passione non vi basterà più, vi accorgerete di non poter chiedere altro. Peggio ancora: capirete di non volere assolutamente quello che potete darvi.»

«Non stai correndo troppo?» Linda chiese ostentando un'aria tra lo scettico e l'annoiato.

«Sono preoccupata perché ti rifiuti di vedere quello che hai davanti.»

Sollevò la testa. «Forse lo so e non mi fa paura.»

«È stata proprio questa incoscienza a portarti sempre a...»

«Non ora, Sara. È tardi e devo andare a dormire» tagliò corto.

Quando la sveglia suonò, alle cinque, Linda la ricaricò per le sei. La sera prima si era riproposta di ondulare i capelli con il ferro elettrico, darsi lo smalto alle unghie, cercare nell'armadio la vecchia Chanel che le aveva regalato Fabio all'epoca del fidanzamento. Ma dopo il discorso con l'amica e la notte che aveva trascorsa non ne aveva più alcuna voglia: sparite l'eccitazione e l'impazienza di "fanciulla alla vigilia delle nozze", era lentamente sprofondata nella desolazione più buia. Sara aveva ragione: stava correndo a testa bassa verso la catastrofe, spinta da una voglia d'amore per anni ignorata e repressa.

Matteo Morelli le era apparso all'inizio per quello che era: un ragazzo lontano anni luce da lei. Mai lo avrebbe considerato un oggetto d'amore se d'un tratto lui non avesse cominciato a guardarla, cercarla e parlarle con un interesse inequivocabile. Ma mentre razionalmente si rifiutava di prenderne atto, l'inconscio la conduceva verso la trappola memorizzando ogni gesto, ogni occhiata, ogni frase. L'invito di Matteo ad Antibes l'aveva bruscamente portata alla sconvolgente presa di coscienza: mi ama e io lo amo, questo soltanto conta.

E invece non era così. Come aveva detto Sara, una volta esaurito il bisogno di passione si sarebbero guardati con diffidenza e paura. Lui vedrà una madre di famiglia travolta da mille squallidi problemi, io un ragazzo insofferente e smanioso di darsi alla fuga, pensò. Lui sarà pronto per la giovane donna accanto alla quale costruire la famiglia e il futuro, io mi avvierò al tramonto struggendomi nell'umiliazione e nel rimpianto.

Se mi butterò in questa storia, ne uscirò con il cuore spezzato. No, non poteva partire. Allungò istintivamente una mano verso il telefono ma subito la ritrasse. Svegliare Matteo alle cinque e mezzo per accampare un pretesto pateticamente fasullo... Era impazzita? Possibile che avesse sempre bisogno di un gesto plateale per prendere una decisione ovvia? Rimandare la partenza all'ultimo minuto sarebbe servito solamente a far capire a Matteo che aveva paura di quel che provava per lui, spingendolo a uscire allo scoperto. E nel momento in cui l'avesse fatto, ritrarsi le sarebbe stato impossibile.

Aveva un solo modo per scongiurare quel pericolo: ristabilire le distanze che esistevano e che lei aveva inizialmente avvertito. Da lì in avanti, si ripropose, avrebbe dovuto rinunciare all'eccitante gioco della seduzione per apparirgli la donna che era: una trentottenne con due figli, due matrimoni falliti alle spalle e un'esistenza piena di complicazioni. Non avevano ancora varcato la soglia del non ritorno e la passione, frenata e scoraggiata, fatalmente si sarebbe spenta.

Quando la sveglia suonò, Linda si alzò in punta di piedi e andò in cucina a farsi un caffè. Era stanchissima. E desolata.

Alle sei e mezzo udì il breve suono del citofono: Matteo era arrivato. La aspettava davanti al portone e subito le prese la valigia. Con l'altra mano la guidò verso la macchina: un'auto sportiva che non gli aveva mai visto usare, adatta al ragazzo ricco e senza problemi quale lui era.

«Sali pure» le disse mentre sistemava la sua valigia.

Linda si vietò di gioire perché non le aveva riservato un trattamento da matura signora aprendole la portiera. Si sedette accanto a lei due minuti dopo. «Si parte?» chiese in tono allegro mentre metteva in moto, girandosi brevemente a guardarla.

Annuì senza rispondere. Si era imposta di comportarsi finalmente in modo consono alla sua età da poco più di un'ora: troppo poco per capire *come* avrebbe dovuto rispondere, parlare, muoversi.

«Tutto bene a casa? La tua amica Sara è arrivata puntualmente?»

«Sì, va tutto bene... Quanto ci metteremo per arrivare ad Antibes?»

«Se non c'è traffico, non più di quattro ore. Sei stanca?»

«Stanotte Francesco si è svegliato molte volte» mentì.

Matteo si girò di nuovo a guardarla. «Sei un po' pallida, infatti.»

«È il mio colore naturale quando non mi trucco.»

«Senza trucco e coi capelli legati sembri una ragazzina» Matteo la complimentò in tono sincero.

«Non lo sono più da molto tempo, purtroppo.»

«Adesso parli come mia madre!» lui rise. «Da quando ha compiuto i cinquant'anni, ci ha proibito di festeggiare il suo compleanno.»

«Non c'è niente di festoso nel diventare vecchi.»

«Mia madre vuole soltanto farci dimenticare gli anni che compie. In realtà si sente tutt'altro che vecchia.»

«Quanti anni ha, adesso?»

«Cinquantadue.»

Quattordici più di me, calcolò mentalmente Linda. Soltanto quattordici anni fa avevo ventiquattro anni, e mi sono ritrovata a trentotto in un baleno. Un altro baleno, e mi ritroverò all'età della madre di Matteo... Il meglio della mia vita se n'è andato, e... L'affanno le strinse la gola.

«Qualcosa non va, Linda?» Erano fermi a un semaforo, e Matteo la stava fissando.

«Sono soltanto stanca.»

«Lo sai che è la prima volta da quando ti conosco che te lo sento dire? Hai una energia e una resistenza che sembrano inesauribili, e certe sere mi chiedo come...»

«Non ho più l'energia di una volta» lo interruppe tetra. *Dacci sotto, stai andando benissimo.*

«A sessant'anni chissà che cosa dirai!»

La nota allegra che avvertì nella sua voce non la rallegrò affatto. Si strinse nelle spalle senza rispondere e appoggiò la testa allo schienale. Darei qualunque cosa per avere indietro la mia giovinezza, pensò. Sono seduta accanto a un uomo che *devo* respingere perché mi è vietato amarlo. Anche una cretina o una stronza ha questo diritto, purché sia giovane come lui. La mia età forte se n'è andata, ho fatto tutti i miei giochi e li ho perduti. Mio Dio, perché sono arrivata alla mia età senza un bravo marito accanto? Dopo Antonio, che cosa mi ha spinto a buttarmi a capofitto su un altro uomo sbagliato? *Non lo so*, si rispose. Fabio è entrato e uscito dalla mia vita senza lasciare un segno, un ricordo. Tranne la sua reazione spaventata e rigida quando gli parlai di Francesco. "Non voglio figli, che bisogno abbiamo di un altro figlio? C'è già Carlotta..." Ma le reazioni meschine e i comportamenti ottusi del suo secondo marito erano stati tanti. E adesso, che per la prima volta dopo tre anni pensava a lui, era sopraffatta dal quel monumento di egoismo, vanità e inconsistenza che era stato. Non voglio ricordare. Non voglio stare ancora più male. Chiuse gli occhi imponendosi di scacciare le lacrime.

«Linda, dovresti darmi un documento.» La voce di Matteo, la sua mano che la riscuoteva con dolcezza.

«Dove siamo?» chiese sollevandosi di colpo dallo schienale.

«A Ventimiglia. Mi dispiace di averti dovuto svegliare.»

Linda abbassò gli occhi sulla borsetta. «E a me dispiace di essermi addormentata. Scusami» aggiunse mortificata, tendendogli il passaporto.

«E di che cosa? A quanto pare eri davvero stanca: sei crollata ancora prima che entrassimo in autostrada. Vuoi che ci fermiamo a bere un caffè prima di passare il confine?»

«Sì, grazie, ne ho proprio bisogno.»

X

Ripensando in seguito al percorso da Ventimiglia ad Antibes, Linda si sarebbe sempre stupita di conservarne soltanto una memoria visiva: non ricordava che un alternarsi di gallerie e rocce, villaggi arroccati sui crinali e scorci di mare, quasi avesse viaggiato con lo sguardo fisso davanti a sé e in stato di trance. Era probabile che, essendosi vietata di incoraggiare Matteo, ce l'avesse messa diligentemente tutta per distruggere ai suoi occhi l'immagine di donna vivace e brillante. Altrettanto probabile era che l'amarezza e la malinconia di quel viaggio fossero stati tali che la mente, pietosa, ne aveva in seguito cancellato il ricordo.

Di certo, né il suo aspetto dimesso, né i protervi accenni all'età non più giovane, né il sonno in cui era sprofondata, né il cupo mutismo che era seguito erano valsi a raggelare Matteo. L'oscuramento della memoria cessava nel momento in cui erano arrivati ad Antibes e lui aveva indicato una villa bianca con le persiane celesti...

«Deve essere quella dei Loi» disse. Abbassò la mano e la posò sulle sue, serrate nel grembo. «Smettila di torturarti, Linda.»

«Io non...»

Matteo fermò la macchina davanti alla cancellata ricoperta di bougainvillee. Rimase per qualche istante in silenzio, lo sguardo assorto davanti a sé, poi si girò lentamente e lo spostò su di lei. «Ti amo» disse con semplicità, quasi fosse una cosa naturale e scontata.

Prima che lei potesse replicare qualcosa, Matteo era già sceso dalla macchina. Una coppia di mezza età si era avvicinata al cancello e stava andando loro incontro. Scese anche Linda, le gote in fiamme e le gambe tremanti. Quando Giovanni Loi presentò la moglie Anna, si sorprese di riuscire a sorridere e a tendere la mano.

Matteo le passò un braccio sulla spalla e disse in tono scherzoso: «Questa è Linda, la sola donna indispensabile della mia vita.»

Linda avvampò di nuovo. Era un modo indiretto per giustificare la presenza ad Antibes di una preziosa collaboratrice oppure una frase allusiva per fare capire che il loro rapporto non era solamente professionale? Lanciò un sorriso imbarazzato ai coniugi Loi. «Lavoravo nell'agenzia fin dai tempi di suo padre...»

La padrona di casa ricambiò il sorriso e li invitò a entrare. Mentre accompagnava Linda in bagno perché si rinfrescasse, si scusò di non poterli ospitare: il figlio e la nuora avevano annunciato a sorpresa il loro arrivo con una coppia di amici e non c'era sufficiente posto per tutti. Tuttavia, aggiunse, suo marito aveva prenotato per loro due stanze in un piccolo hotel sulla collina. «Le piacerà molto. Dai balconi si vede una distesa di lavanda e il mare. Io e mio marito ci innamorammo di Antibes dieci anni fa, proprio guardando il panorama dai balconi di quell'hotel.»

Anna Loi era una donna estroversa e cordiale coi capelli bianchissimi e due piccoli occhi chiari e penetranti. Le porse una salvietta di lino e le indicò i fazzolettini detergenti e le piccole saponette dentro un cestino: «Usi tutto quello che le occorre» disse gentilmente. «Io faccio un salto in cucina a controllare la mia zuppa di pesce. Spero che le piaccia.»

«Moltissimo, grazie.»

Quando Linda uscì dal bagno, la donna la stava aspettando fuori dalla porta. Notò subito che lei si era passata una sottile riga di matita sulle palpebre e aveva spazzolato i capelli raccogliendoli in una coda più morbida. «Sta proprio bene!» disse con slancio. «I suoi capelli sono naturali, vero?»

«Sì. A vent'anni me li scurivo perché non sopportavo di

sembrare una ragazza coi capelli tinti di rosso» confessò con una risatina, sentendosi rinfrancata e sicura. Quella attenta signora aveva notato i suoi capelli, e non la sua età. Quasi sicuramente pensava che lei e Matteo avessero una relazione, eppure non mostrava il minimo segno di perplessità o di disapprovazione, come se non si fosse accorta degli anni che li dividevano.

«A me succede spesso di dover dire una bugia per sembrare sincera» Anna Loi ammiccò. La prese per un braccio. «Più tardi le mostrerò la casa. Adesso sarà bene raggiungere i nostri uomini.»

Matteo e Giovanni Loi erano seduti nella veranda fiorita, davanti a una bottiglia di vino bianco. Si sedettero anche loro, e Linda captò immediatamente "qualcosa" di stonato: a differenza della moglie, l'uomo appariva esitante e a disagio.

Anche quando andarono a tavola, parlò poco e si comportò come se inseguisse il filo dei propri pensieri. Stavano bevendo il caffè quando d'un tratto disse con voce imbarazzata: «Temo di avervi fatto fare un viaggio inutile».

Linda lo guardò interrogativamente e l'uomo si schiarì la voce. «Ieri mattina si è presentato nel mio ufficio l'amministratore della Gerini case e mi ha sottoposto una bozza di contratto con proposte molto interessanti. Anche se non ho ancora preso alcun impegno, penso che affiderò a loro il mandato di vendita dei miei lotti sul Garda.»

Matteo accusò il colpo senza batter ciglio. «Naturalmente lei è libero di decidere. Però non ha ancora sentito le nostre proposte.»

Loi scosse la testa. «In tutta franchezza, Morelli, non credo che la sua agenzia possa offrirmi le stesse garanzie. La Gerini case è solita avvalersi delle televisioni locali come mezzo di pubblicità e di vendita, e lo farebbe anche per il mio cantiere. Al lancio televisivo affiancherebbe una adeguata campagna stampa sui quotidiani locali e sul *Corriere della Sera*. E poi c'è da considerare il potere di penetrazione della Gerini in sé: non c'è famiglia che periodicamente non trovi nella cassetta della posta un dépliant con le loro offerte...»

L'uomo fece una breve pausa rivolgendo a Matteo e Linda lo sguardo mortificato di chi è costretto a infierire. «Non credo che l'agenzia Morelli possa permettersi gli stessi investimenti. Questo non toglie nulla alla vostra affidabilità» si affrettò ad aggiungere «ma penso che oggi, per vendere in una località di vacanza, sia necessario...»

«Ho capito il suo discorso, signor Loi, e non deve giustificarsi» lo interruppe Matteo. «Antibes è splendida, sua moglie ci ha preparato un pranzo eccellente e il nostro non è stato affatto un viaggio inutile.»

Giovanni Loi apparve enormemente sollevato. «Vedo che lei è una persona molto ragionevole. Le assicuro che avremo un'altra occasione per collaborare.»

«Un momento», si udì la voce di Linda. «Prima di chiudere l'argomento vorrei capire se alla nostra agenzia è stata data un'informazione sbagliata. Nulla infatti ci lasciava supporre che il complesso del Garda rientrasse in un progetto di edilizia popolare, a basso costo.»

Matteo la guardò stupito e l'impresario si irrigidì. «Edilizia *popolare*?» proruppe quasi offeso. «Come le viene in mente un'idea simile? Si tratta di un complesso di lusso e con rifiniture di prim'ordine, destinato a un target di acquirenti decisamente alto.»

Linda lo guardò con aria ostentatamente perplessa. «Continuo a non capire... Lei pensa che questo tipo di clientela acquisti una casa di vacanza o uno spazio commerciale attraverso i dépliants che trova nella cassetta delle lettere o guardando la tv locale?»

«E perché non dovrebbe?» l'impresario borbottò.

«Perché si tratta di veicoli pubblicitari che immediatamente evocano l'immagine di villette a schiera, palazzine tutte uguali, monolocali già arredati, "occasionissime" e quant'altro richiama chi è attratto dalla piscina condominiale, dal portico con barbecue e dal "pagamento personalizzato"» disse d'un fiato e con enfasi.

Il silenzio dell'impresario e lo sguardo ammirato di Matteo le diedero un fremito di soddisfazione.

«La signorina ha ragione» esclamò Anna Loi.

Linda le sorrise e proseguì il discorso come se si rivolgesse solamente a lei. «Senza voler togliere nulla alla serietà della Gerini case, ho qualche dubbio anche sul "potere di penetrazione" a cui poco fa suo marito accennava. Le famiglie sono inondate di foglietti pubblicitari che quasi sempre buttano subito in pattumiera. E le emittenti locali non fanno che magnificare questo o quel complesso in costruzione... Insomma, non esiste una diversificazione di lancio e le stesse agenzie di compravendita che periodicamente si promuovono sui quotidiani offrono gli stessi prodotti-civetta e con gli identici argomenti. Il risultato è che agli occhi della potenziale clientela una agenzia equivale a un'altra...»

Giovanni Loi rifletté qualche istante. «L'agenzia Morelli a quali argomenti ricorre? Insomma, in termini pratici, come vende le case che le vengono affidate?»

Linda guardò Matteo. «A questa domanda, nessuno può rispondere meglio di lui. Vuoi spiegarglielo?»

Matteo disse pronto: «Tutti i nostri investimenti sono mirati alla ricerca del cliente ottimale anziché a una generica campagna pubblicitaria.»

«E come arrivate a identificarlo, questo cliente?» chiese Loi, interessato ma ancora diffidente.

«Al di là della considerevole banca dati che abbiamo costituito in questi mesi, la nostra agenzia dispone di accessi e canali di informazione che oserei definire privilegiati. Facciamo un esempio pratico: i potenziali acquirenti dei suoi appartamenti sul Garda risiedono per la maggior parte in Lombardia, e gli spazi commerciali presumibilmente interessano nuovi licenziatari oppure esercenti che già hanno un'attività in zona e desiderano una sede più prestigiosa. Ebbene, noi saremmo in grado di identificare in pochi giorni o addirittura in tempo reale questo bacino di utenza. Il passo successivo sarebbe mettere i nostri venditori in contatto con ciascun potenziale acquirente. Intendo un contatto personalizzato e di ottimo livello, non l'intrusione o l'insistenza importuna. Ma non voglio dilungarmi oltre. Come lei ha detto, avremo in futuro un'altra opportunità per collaborare. E allora la inviterò nella mia agenzia e le mostrerò nei dettagli quali sono le nostre strategie e i nostri...»

«Le ho detto che non ho preso alcun impegno con la Gerini case» lo interruppe quasi risentito Giovanni Loi, «e non è affatto escluso che alla fine torni alla decisione originaria di concludere con lei!»

Linda gli sorrise. «Perché aveva scelto l'agenzia Morelli, signor Loi? Insomma, che cosa l'aveva spinta a preferirci?»

L'impresario guardò Matteo. «Ho avuto ottime informazioni dal direttore della sua banca. Mi ha parlato di lei come di un giovane intraprendente, concreto, di assoluta onestà. E anche le informazioni che ho preso sull'agenzia sono ottime. Un po'... come dire? vecchiotta, ma di incontestabile tradizione e affidabilità. Suo padre godeva di molta stima, nel mercato immobiliare.»

Matteo lanciò un'occhiata allusiva a Linda. «Mi sono limitato a svecchiare e *ottimizzare* il suo lavoro» rise.

«Ha detto delle cose molto interessanti, Morelli. Mi dia un paio di giorni per schiarirmi le idee... Si intende che questo fine settimana lei resterà ad Antibes con la signorina Linda, mio ospite, e ci vedremo ancora. Stasera arriva mio figlio e sarei contento di presentarglielo.»

Matteo rifiutò gentilmente. «Ci incontreremo a Milano. In questi due giorni si goda la sua casa e la sua famiglia senza estranei tra i piedi. Io ne approfitterò per fare visitare a Linda i dintorni.»

«Ma quali estranei? Mi farà davvero piacere se...»

«Non insistere, Giovanni», sussurrò la moglie Anna. «Se avessimo la loro età, anche noi preferiremmo girare per conto nostro in questi bellissimi posti!»

«Giusto. Però desidero, anzi, *esigo*, che siate miei ospiti nell'hotel che vi ho prenotato.»

Nel momento del commiato, Loi strinse vigorosamente la mano a Linda. «Complimenti, lei è una donna davvero in gamba.»

Anna Loi la abbracciò. «Tornate presto a trovarci.»

Li accompagnarono alla macchina e rimasero fermi davanti al cancello, agitando le mani in segno di saluto, fino a quando sparirono dopo una curva.

«Sono due brave persone» Linda sospirò allacciando la cintura. Non sapeva dove lui intendesse portarla, né per quanto tempo sarebbero rimasti nell'auto, ma le ore trascorse in casa Loi e l'operazione di disturbo della Gerini case offrivano lo spunto per mantenere viva la conversazione senza sconfinare in un terreno minato.

Ti amo... Le parole di Matteo non l'avevano abbandonata un istante, rendendola battagliera, sicura, euforica. Ma adesso era terrorizzata alla sola idea che lui gliele ripetesse. «Spero che Giovanni Loi alla fine scelga la nostra agenzia» disse per rompere quell'insidioso silenzio.

«Hai qualche dubbio in proposito? Sei stata semplicemente formidabile. Io mi ero già rassegnato a perdere l'affare, e quando hai cominciato a parlare...»

«Non dare l'affare per scontato. Sicuramente quelli della Gerini torneranno all'attacco e troveranno validi argomenti a loro favore. Detto tra noi, il battage sulle tv locali, gli annunci e tutto il resto sono veicoli formidabili.»

«Sono perfettamente d'accordo. Però tu li hai demoliti con tale abilità che Loi adesso li vede addirittura come controproducenti e volgari. Dio, avresti dovuto vederti mentre pronunciavi quella frase: edilizia *popolare*!» sghignazzò.

«Ho visto la faccia di Loi: ed esprimeva esattamente l'orrore che desideravo trasmettergli.»

Matteo si fece serio. «Se penso che avevo deciso di licenziarti...»

Linda sobbalzò. «Quando?»

«I primi giorni. Mi sembravi inconcludente, confusionaria, una presenza assolutamente inutile.»

«Meno male che non me l'hai fatto capire. Sarei precipitata nel panico.»

«Non dico e non decido mai nulla prima di esserne sicuro» Matteo replicò gravemente.

Era una allusione al suo "ti amo" di poche ore prima? Linda si affrettò a riportare il discorso sul lavoro. «Loi è stato colpito anche dal tuo...»

«Non me ne frega niente di Loi. Voglio parlare di noi due, Linda.» Fermò inaspettatamente la macchina sul ciglio della strada e la prese per le spalle. «Non ho mai provato per nessuna donna quello che provo per te.»

«Io ho trentotto anni!»

«E come potrei dimenticarlo? Non fai che ripeterlo.» Nel suo sguardo guizzò un lampo di allegria.

«Ti prego, andiamo in albergo.»

«Subito? Non sapevo che le anziane signore fossero tanto impazienti.»

«Matteo, non ho voglia di scherzare» ribatté tetra.

«E allora smettila di dire sciocchezze.»

«Io ho avuto due mariti mentre tu devi ancora...»

«A differenza di te, io non ho avuto la smania di sposare tutte le donne che mi piacevano.»

«*Ragazze*: alla tua età non si frequentano ancora le donne» lo corresse.

«Forse per questo la prima che ho conosciuto mi è stata fatale. Tu che ne dici?»

«Non dico niente. È impossibile parlare con te.»

«È quello che sto cercando di fare, Linda!»

«E allora sii serio. Io ho otto anni più di te, due figli, un'infinità di complicazioni e guai. È possibile che non ti senta spaventato da questo? Che nemmeno ti ponga il problema di tutti gli ostacoli che ci dividono?»

«E invece ti sbagli, Linda. Io non sono né un irresponsabile né un esaltato.» Tolse le mani dalle sue spalle e guardò davanti a sé. «Non mi vergogno a confessare che ho calcolato con la pignoleria di un ragioniere gli ostacoli di cui parli e anche quelli che ignori... Per esempio, la guerra che mi farà mia madre. Ma alla fine ho capito che la sola cosa insopportabile sarebbe stata rinunciare a te.»

La prese di nuovo per le spalle. «Nonostante tu appaia una rossa stravagante e sconsiderata, sei una persona straordinaria.»

La guerra che mi farà mia madre... Quella frase l'aveva raggelata e umiliata. Linda scostò da sé le braccia di Matteo. «Dai presuntuosamente per certo che anch'io sia innamorata di te.»

Di nuovo quel guizzo di allegria. «Mi sono limitato a dedurlo. Dopo aver spudoratamente esibito tutte le tue eccezionali qualità, di colpo ti sei ritratta terrorizzata. Stamattina, durante il viaggio, hai fatto e detto cose mirabolanti nel tentativo di scoraggiarmi.»

Linda arrossì. «A quanto pare non mi sono applicata abbastanza» disse asciutta.

«Direi piuttosto che hai sottovalutato la mia intelligenza.»

«Matteo, sono *davvero* stanca. Questo non è il momento migliore per...»

«D'accordo. Adesso ti porto in albergo e ti lascio dormire un paio d'ore.»

«Vedo che stai rapidamente imparando come si trattano le anziane signore.»

Matteo scoppiò a ridere. «Tu vuoi sempre l'ultima parola, eh?»

XI

Linda chiuse le finestre del balcone, accostò le tende e si sdraiò sul letto. Il suggestivo panorama magnificato dalla signora Loi la lasciava del tutto indifferente, e così pure l'armoniosa raffinatezza della stanza arredata in stile provenzale. Occorre avere l'animo sereno e la mente sgombra per riuscire ad apprezzare lo spettacolo della bellezza, e non era certamente il suo caso.

Si torturava nell'incertezza, ma dentro di sé sapeva bene di essersi già arresa: Matteo la voleva con molta più determinazione di quanta lei ne avesse nel respingerlo. Era l'uomo di qualità che non aveva mai conosciuto, quello che ogni donna avrebbe sognato di incontrare. *Ma non tu*, le disse una voce. Fin da quando eri adolescente, tu rifuggivi dai ragazzi più brillanti e più belli, quelli che piacevano a tutte le tue compagne. Avevi paura di competere e, soprattutto, paura di mettere in gioco la tua certezza di onnipotenza.

È per questo che ho sposato due nullità? si chiese esterrefatta. Soltanto perché l'assenza di rivali mi rassicurava e la loro inconsistenza alimentava il mio complesso di superiorità? Non si era mai prospettata quella ipotesi, e aveva l'amara consapevolezza di essere arrivata molto vicina alla verità. Matteo non era il solo uomo degno che aveva incontrato, ma il primo con il quale osava misurarsi. Ed era assurdo che tanta audacia si fosse risvegliata in lei quando aveva perduto la forza della prima giovinezza. Sarebbe uscita da quella storia con il cuore spezzato: ma anche l'idea di rinunciare a Matteo le spezzava il cuore.

Sarà quello che sarà, si disse chiudendo gli occhi. Adesso non voglio pensarci. Ma era troppo stanca per scacciare dalla mente tutti i pensieri neri che vi si affollavano. Si alzò dal letto, tirò nuovamente le tende e rimase per qualche istante ferma davanti al balcone. Non era abituata a restarsene senza far niente, e quell'ozio forzato le metteva addosso una strana agitazione, come se stesse dimenticando qualcosa di improrogabile e importante da fare.

Si allontanò dalla finestra e cominciò a vuotare la valigia. Mise la camicia da notte sotto il cuscino e le pantofole accanto al letto, poi distese i capi di vestiario su una poltrona per decidere quale indossare quella sera. Ma quanta roba si era portata? Non sapeva i programmi di Matteo: nell'incertezza scelse un paio di pantaloni scuri da abbinare con una camicetta e un cardigan color sabbia. Era un completo di Krizia che aveva acquistato in un mercatino dell'usato, l'unico adatto sia che lui avesse deciso di portarla a cena in un ristorante elegante, sia che avesse preferito girovagare nei dintorni per poi fermarsi a mangiare in un posto qualunque.

Infilò la testa in una cuffietta di plastica e andò in bagno a fare una doccia. Dopo si sentì molto meglio. Avvolta nell'accappatoio, tornò a sdraiarsi sul letto. Era ancora presto per truccarsi e vestirsi.

Matteo venne a chiamarla alle sei. Aveva prenotato la cena in un ristorante sul vecchio porto e le chiese se nel frattempo preferiva fare un giro in macchina lungo la costa oppure visitare il centro di Antibes.

«Se per te va bene, preferirei fare due passi a piedi. Tra l'altro ho promesso un regalo ai miei figli, e vorrei portare un piccolo ricordo anche a Sara» spiegò. Omise di aggiungere che, in qualunque luogo andasse, la cosa che più la appassionava era andare a caccia di mercatini e vecchi negozi.

Ma Matteo sembrò leggerle nel pensiero. «La zona vecchia della città è un susseguirsi di negozi caratteristici: sono certo che ti piacerà moltissimo.»

Mentre guidava le raccontò che cinque anni prima i suoi genitori erano andati in vacanza proprio ad Antibes. «Un pomeriggio mia madre pregò mio padre di aspettarla "dieci minuti" seduto al bar perché voleva vedere alcune tovaglie provenzali» ricordò con la voce che rideva. «Tre ore dopo non era ancora tornata. Mio padre stava andando a denunciare la sua scomparsa, quando la vide sbucare dalla strada di fronte carica di pacchi e pacchetti. Invece di scusarsi, lei si lamentò per aver dovuto fare tutto di corsa!»

«A me capitò una cosa analoga durante una gita scolastica a Venezia» ricordò Linda, lieta di quella conversazione senza alcun risvolto personale o imbarazzante. «Mi staccai un attimo dal gruppo per comperare al volo un animaletto di cristallo che avevo visto in vetrina e, quando uscii, professori e compagni erano scomparsi. Guardai l'orologio e mi accorsi che ero rimasta dentro al negozio per mezz'ora!»

«E allora cosa facesti?»

«Mi guardai bene dal cercarli. Esplorai Venezia tutta sola e alle cinque del pomeriggio raggiunsi il gruppo alla stazione. A piedi, perché non mi erano rimasti neppure i soldi per il traghetto!»

«Niente male, per una ragazzina... Quanti anni avevi?»

«Tredici. Facevo la terza media.» E lui andava ancora all'asilo, pensò istintivamente. Gli lanciò un'occhiata: chissà se in quel momento stava pensando la stessa cosa.

«Io invece ero un ragazzino tranquillo e ubbidiente. Non sono mai riuscito a bruciare la scuola o a presentarmi in classe senza aver fatto i compiti o preparato la lezione.»

«Ti sei perso molto!»

«Non credo» Matteo ribatté serio. «Vivere con il terrore di essere interrogati o richiamati dal preside non doveva essere questa grande felicità.»

«Per trasgredire ci vuole la stoffa. Io non avevo paura di nulla!»

«A quanto pare ti sei guastata col crescere.»

«Se alludi a noi due, guarda che...» Si interruppe incapace di proseguire. Perché mai lo aveva provocato con quella battuta cretina? Fortunatamente erano arrivati al parcheggio e il discorso poteva finire lì, prima di farsi insidioso.

Matteo adocchiò un piccolo spazio in cui incunearsi. Benché la stagione estiva non fosse ancora cominciata, il piazzale era pieno di macchine e il traffico intenso. È arrivato maggio e io non me ne sono neppure accorta, Linda pensò mentre chiudeva lo sportello. Lo spartitraffico era invaso da macchie di lavanda in fiore e dai balconi del palazzo di fronte ricadevano lussureggianti cascate di gerani. Da quanti anni camminava senza alzare la testa?

Matteo la prese per un braccio. «Dobbiamo attraversare e voltare a sinistra. È laggiù che siamo diretti.»

La sogguardò un istante. «Stavi dicendo qualcosa a proposito di noi due?»

«Una sciocchezza.»

Attraversarono il piazzale e imboccarono la strada verso il centro storico in un silenzio che a Linda parve sempre più imbarazzante. «Vorrei che almeno per stasera evitassimo discorsi personali» disse d'un tratto.

«Tutto dipende da te, mia cara. Non sono certo io a sentirmi continuamente chiamato in causa.»

«Che cosa vuoi dire?»

«Di qualunque cosa parliamo, tu rimugini, alludi oppure miri dritta verso l'argomento sovrano: le abissali diversità che esistono tra noi.»

«Per stasera potremmo parlare di Antibes» sdrammatizzò Linda. «Mi sembra un argomento sicuro...»

«Purché si eviti ogni riferimento a città *vecchia*, reperti o piccolo antiquariato: potresti sentirti personalmente coinvolta!»

«Sono così suscettibile?»

«Ahinoi, sì.»

Linda fu colpita dal tono con cui lo disse, ironico e amareggiato a un tempo. E si rese improvvisamente conto che prima di conoscere Matteo non aveva mai avuto il complesso dell'età. "Quando ci si innamora di un uomo più giovane", aveva detto una volta Sara, "anche se si hanno soltanto venticinque anni fatalmente ci si sente la partner più vecchia e dopo un po' si ha la sensazione che la giovinezza sia finita". Stavano parlando di Giulia Marega, una loro compagna di liceo che a ventisei anni aveva sposato un ragazzo di ventiquattro e a trenta aveva fatto il primo lifting.

Non voglio diventare paranoica anch'io, Linda si ribellò.

Ho *soltanto* trentotto anni, non sono Gloria Swanson sul viale del tramonto. E Matteo è un uomo adulto, non un ragazzino attratto dall'amica di sua madre. Qualunque cosa accadrà, adesso siamo insieme in questo posto bellissimo. Al diavolo i problemi.

Erano arrivati in un'altra grande piazza con le giostre, i giardinetti, il chiosco di un bar sotto un grande platano.

«Se posso osare, quella è la zona *antica*» Matteo disse indicando davanti a sé. Si addentrarono in un borgo chiuso al traffico e Linda cominciò a guardarsi intorno incantata. La strada saliva e scendeva in un dedalo di vicoli, tra due file di piccoli ristoranti, vecchi caffè e bistrot dalle consunte insegne in ferro battuto, coi tavolini racchiusi in un'isola di piante verdi e fiorite.

Tra un locale e l'altro, una serie ininterrotta di botteghe e negozi. Linda non ne aveva mai visti tanti: negozi di spezie, negozi di ceramiche, negozi di stoffe e arredi provenzali, laboratori d'arte, negozi di antiquariato e vecchi gioielli, profumerie, rigattieri...

«Vorrei comperare tutto» proruppe entusiasta.

«Cominciamo dai regali» la ridimensionò Matteo. «A Sara forse piacerebbe una tovaglia provenzale.»

«Sara mangia in cucina con le tovaglie di plastica! Sta pochissimo in casa e non ha alcun amore per la biancheria o gli oggetti d'arredamento. Farle un regalo è sempre un problema.»

«E come lo risolvi?»

«Andando a caccia di vecchi cavatappi: sono la sua passione. Io credevo che fosse un hobby di pochi pazzi, e invece non immagini neppure quanta gente li colleziona, se li scambia, si passa cataloghi e indirizzi. Ci sono esemplari che possono costare svariati milioni. L'estate scorsa ho fatto un autentico colpo: in un mercatino tra Brescia e Parma ho comperato per ottantamila lire un cavatappi che si è poi rivelato un pezzo raro. Apparteneva alla serie limitata fatta produrre alla fine del Settecento da un viticoltore dell'Oltrepò Pavese per farne omaggio alla sua clientela» Linda concluse con voce eccitata.

Si accorse che Matteo la osservava. «Stai pensando che

sono una fanatica come la mia amica Sara?» rise. «Forse è vero. I mercatini sono la mia...»

«Sto pensando che sono pazzo di te, Linda.»

Lei sentì una vampa di calore salirle sul viso. «Anche io» mormorò.

Matteo le passò un braccio sulle spalle e continuarono a camminare allacciati e in silenzio, avvertendo la sicurezza di quel contatto e una improvvisa sensazione di intimità.

Si fermarono a comperare una radiolina a forma di tartaruga per Francesco e una collezione di piccole saponette racchiuse in una boccia di ceramica per Carlotta. Matteo andò alla cassa a pagare prima che lei potesse protestare.

Per Sara acquistarono una borsa di cuoio a tracolla. «È il suo genere. E poi non si vive di soli cavatappi» Linda sentenziò. Fecero una breve sosta per bere qualcosa e ripresero a camminare.

«Vorrei regalarti qualcosa» Matteo disse a un tratto.

«Assolutamente no! Hai già speso abbastanza!»

«In realtà vorrei regalarti *tutto*» precisò senza ascoltarla.

«A quanto pare, ti sto già portando sulla via della rovina» Linda scherzò in tono lugubre.

«Nel senso che mi avvio a spingere la carrozzella di un'anziana signora oppure a dilapidare le mie sostanze per una irresistibile maliarda?»

«Sono abituata a spendere i *miei* soldi. E non ho mai ricevuto regali da uomini.» Linda ribatté seria.

«Al peggio c'è sempre fine.» Si fermò davanti a un piccolo negozio di gioielli antichi osservando attentamente le spille e gli anelli esposti nella vetrina. Fece per chiedere qualcosa a Linda, ma vide che si era allontanata. Stava all'altro lato della strada, davanti a una esposizione di quadri coloratissimi e sgargianti.

La raggiunse perplesso e la tirò per un braccio. «Vieni, ho trovato quello che...»

«Guarda!» Linda disse estasiata.

«Che cosa?»

Gli indicò un quadro dal fondo giallo nel quale campeggiavano tre enormi mele: una rossa, una verde e una gialla.

«Non mi dirai che quella crosta ti piace... È semplicemente orribile.»

«Osserva quelle mele: sono *felici*!»

Matteo si trattenne dal ridere. «In che senso?»

«Sono felici di esistere, fiere dei loro colori, sicure che non appassiranno mai e che nessuno le sbuccerà per mangiarle...» Lo sguardo di Linda tornò sul quadro. «È *impossibile* guardare quelle mele e sentirsi preoccupati o tristi, perché emanano stabilità, sicurezza e ottimismo» concluse seriamente.

«Allora è *impossibile* lasciarle qui!» Fece per entrare nel negozio, ma il proprietario lo precedette affacciandosi in quel momento sul portoncino.

«Vorremmo questo quadro» Matteo spiegò in un francese che a Linda parve perfetto.

L'uomo si esibì in un monologo a raffica del quale lei riuscì a capire soltanto qualche parola: meraviglioso, grande artista, premio a Vallauris... Sobbalzò nell'udire il prezzo: tradotto in lire italiane, poco meno di due milioni.

Tirò Matteo per un braccio. «Lascia perdere. È un furto.»

Il proprietario afferrò al volo. «*Mais non*... Posso fare un poco meno» aggiunse in uno stentato italiano.

«Lascia perdere, Matteo» ripeté lei.

«Posso pagare con una carta di credito?»

L'uomo tornò al francese e in una nuova raffica di parole spiegò che sì, era possibile. Lui non aveva la convenzione, però bastava andare nel negozio di suo fratello che era poco distante e fare lì il pagamento.

«Aspettami con le mele» Matteo ordinò perentorio allontanandosi. Tornò dopo dieci minuti. Il padrone avvolse il quadro in una carta da pacchi e si complimentò ancora per l'acquisto.

«Che sconto ti ha fatto?» fu la prima cosa che Linda chiese quando furono nuovamente in strada.

«Nessuno. Lui non ne ha più parlato e io non gliel'ho chiesto. Mi sembrava meschino mercanteggiare il prezzo della felicità e del mio primo regalo.»

«Come posso ringraziarti?»

«Apparendomi sicura e ridente come le tue mele.»

Alle otto andarono al ristorante. Nessuno dei due aveva fame e mangiarono pochissimo. Fu una strana cena silenziosa, quasi avessero paura di dissolvere con le parole la magica intesa che li univa. Entrambi sapevano che quella notte avrebbero fatto l'amore, e Linda scorgeva nello sguardo di Matteo la sua stessa emozione, il suo stesso senso di attesa struggente ma senza fretta.

Alle nove e mezzo si diressero allacciati verso il parcheggio e tornarono in albergo.

Linda aprì gli occhi: Matteo, appoggiato su un gomito, la stava guardando. Non aveva mai visto tanta adorazione nello sguardo di un uomo.

«Che ore sono?» chiese sollevandosi sul letto.

«Le cinque. È presto, dormi.»

«Non ho più sonno...»

Matteo percorse dolcemente con un dito i contorni del suo viso. «Mentre dormivi sorridevi. Sei così bella che mi si stringe il cuore.»

Linda si raggomitolò contro la sua spalla. «Mi chiedo come fai ad amarmi tanto.»

«E io mi chiedo come ho potuto credere di amare prima di incontrare te.»

«Hai avuto molte ragazze?» Era sinceramente incuriosita.

«Solo due o tre importanti. Così almeno credevo.»

«E... Isabella?»

«È stata una di queste.»

«Perché vi siete lasciati?» Linda chiese, resa audace dal verbo al passato.

Lui fece un gesto vago. «Voleva un rapporto più impegnativo, e io non ero pronto» disse dopo qualche istante di esitazione.

Esitò anche Linda. «Volevo dirtelo anche stanotte... Non devi sentirti minimamente impegnato con me. So che prima o poi la nostra storia finirà, e quando sarà il momento non ci saranno né scenate né lacrime. Sono collaudata alle rotture» aggiunse con una risatina.

Matteo la costrinse a guardarlo. «Quando dico *ti amo*, tu che cosa pensi? Più precisamente, quale significato dai a queste parole?»

«Esprimono un sentimento, un'emozione... Succede molto spesso di dire *ti amo*!»

«Non a me. E non mi era successo neppure di fare l'amore con una donna provando le emozioni e il desiderio di questa notte. *Ti amo* per me significa ti voglio, con te sto bene, desidero restare per sempre con te. Lunedì cominceremo a cercare una casa adatta per vivere tutti insieme.»

«Matteo, è troppo presto! Dobbiamo riflettere, capire se...»

«Io ho già riflettuto e deciso.»

«Ci sono tua madre, i miei figli...»

«Non pensavo di assoldare un killer per eliminarli. Ci sono, e affronteremo le loro resistenze e le loro paure senza perdere la testa.»

«Ho paura anch'io!»

«Guarda le mele felici. Per che cosa avrei fatto quell'investimento pazzesco?»

«Tu hai sempre voglia di scherzare.»

La prese tra le braccia e se la strinse contro. «Ho voglia di te.»

Al contatto del suo corpo Linda si sentì illanguidire. Quel corpo voleva il suo. Quello straordinario e giovane uomo amava *lei*. La felicità le tolse il respiro. Qualunque sarà il prezzo che dovrò pagare, pensò aggrappandosi a lui, non sarà mai abbastanza per questi momenti.

Lo sentì entrare in lei e poi fermarsi. «Linda mia...» disse con voce rotta dall'emozione. E poi ricominciò a muoversi, gli occhi che la guardavano con una espressione estatica e stupefatta, quasi non credesse di poter provare una simile gioia.

PARTE SECONDA

Nulla aggrava l'infelicità come le parole di consolazione.

CHU HSI

XII

Carlotta procedeva lentamente verso di lei, la testa rasata a zero e le gambe avvolte da una fasciatura grigioverde come quella dei vecchi soldati. Nonostante l'aria gelida indossava una misera camiciola di cotone. D'un tratto sollevò le mani per ripararsi dal vento e Linda vide, inorridita, che aveva le dita mozzate e sanguinanti.

Fece per correrle incontro, ma era come se avesse le gambe inchiodate per terra. Urlò il suo nome, ma dalla gola uscì un suono strozzato. Carlotta adesso stava attraversando la strada. Un uomo le piombò alle spalle e la tirò indietro agitando nervosamente un campanello.

«Scappa!» Linda le gridò. Ma non aveva voce. Vide che quell'uomo era Antonio, il suo ex marito, ma il sollievo durò pochi istanti perché aveva cominciato a percuotere la loro figlia con il campanello mentre la trascinava sempre più lontano. Carlotta agitò i moncherini sanguinanti verso di lei, in una disperata richiesta di aiuto, poi sparì dietro un grande muro mentre il campanello di Antonio continuava a suonare...

Linda si svegliò di colpo, tremante di angoscia, e capì di aver fatto un brutto sogno. Emise un profondo sospiro di sollievo. Ma perché il campanello continuava a suonare? Le occorsero alcuni istanti per capire che era il telefono.

Allungò la mano verso il comodino e sollevò la cornetta. Al suo "pronto?" rispose, perentoria, una voce. «Mio figlio, per favore.»

Matteo aveva aperto gli occhi e Linda gli porse silenziosamente la cornetta.

«Chi è?»

«Tua madre.»

«Mamma, lo sai che ore sono?» Matteo disse sgarbatamente, senza nemmeno salutarla.

Le sette, Linda rispose silenziosamente scendendo dal letto. Infilò la vestaglia e uscì dalla stanza, chiudendo la porta alle sue spalle. Era la terza volta in sei mesi che la signora Morelli cercava il figlio nella nuova abitazione, e sfortunatamente era stata sempre lei a rispondere. C'è stato un progresso, si disse con sarcasmo. Con quel *mio figlio, per favore* la signora non finge più ipocritamente di ignorare che Matteo vive sotto il mio stesso tetto.

«Casa Fabbri?» aveva chiesto la prima volta. Fabbri era il cognome di Fabio, il suo secondo marito. Non conoscendo la voce della madre di Matteo, sul momento non aveva raccolto l'implicita provocazione. E pensando che a chiamarla fosse una psicologa o una assistente sociale del tribunale minorile si era limitata a un incerto "Chi parla?"

«La madre dell'avvocato Morelli. Mio figlio per caso è da lei?»

La seconda volta Linda non era cascata nella trappola. Al secco interrogativo "Casa Fabbri?" aveva risposto pronta: «Spiacente, ha sbagliato numero.» E aveva riattaccato.

Il telefono era squillato nuovamente pochi istanti dopo. «Non è il numero di casa Fabbri?»

«No, questa è l'abitazione di Matteo Morelli e di Linda Parodi.»

Un attimo di silenzio. «Linda Parodi *in Fabbri.*» Velenosa.

«Non più. Io e il signor Fabio Fabbri abbiamo divorziato un mese fa. Se ha bisogno di mettersi in contatto con lui, troverà il numero nell'elenco» aveva aggiunto melliflua.

«Poche storie, mi passi mio figlio.»

Linda entrò in cucina e si sedette davanti al tavolo, le tempie martellavano e un nodo acre le chiudeva la gola. L'ostilità della madre di Matteo era uno dei tanti problemi che avevano previsto sin dall'inizio, e non certamente il più doloroso. Passata la rabbia di quelle sporadiche telefonate, poteva permettersi di ignorarla.

Purtroppo il caso di Carlotta era ben diverso. Le immagini del sogno appena fatto le diedero un brivido di angoscia. Non poteva trattarsi di un sogno premonitore? Forse sua figlia stava davvero male e il padre le impediva di chiamarla... O forse era sua figlia stessa a proibirglielo.

I loro incontri erano stati in quei mesi dolorosi e brevi. Le rare volte in cui Carlotta cedeva alle sue suppliche e accettava di incontrarla all'uscita da scuola, andavano a sedersi al bar di fronte e vanamente Linda tentava di parlare con lei.

Sguardo fisso davanti a sé e volto chiuso in una espressione di fastidio e di impazienza, Carlotta si limitava a rispondere a monosillabi alle sue domande. Sì, a casa di suo padre stava benissimo. No, con la matrigna non c'erano problemi. Sì, il fratellino era bello e cresceva bene. Sì, i nuovi insegnanti le piacevano.

Alla fine di quegli incontri, quando Carlotta si alzava e la lasciava con un gelido "adesso devo andare", Linda entrava nella toilette del bar e dava sfogo a tutte le sue lacrime. Poi si lavava la faccia e si truccava con cura prima di tornare in ufficio.

Matteo si avvicinava scrutandola con sguardo preoccupato. Le prime volte le chiedeva come era andata. "Bene", era la sua laconica risposta. Col tempo aveva smesso di domandarglielo, e lei di chiedersi se si fosse accorto dei suoi occhi arrossati.

Per una specie di tacito accordo evitavano di parlare dei loro problemi. Durante il giorno il lavoro li assorbiva totalmente e alla sera, quando tornavano a casa, lui congedava la domestica e si occupava di Francesco mentre lei andava in cucina a preparare la cena.

A volte si sentiva profondamente in colpa. «Che razza di vita ti faccio fare?» gli aveva chiesto una sera con voce amara.

«Quella che ho scelto» era stata la risposta.

Per quanto lei fosse sempre in guardia, nei comportamenti di Matteo era impossibile scorgere il benché minimo segnale di pentimento o di stanchezza. E tutte le paure svanivano quando, finalmente soli nella loro stanza, lui la prendeva tra le braccia. La sua passione sembrava inesauribile, ma non era solamente attrazione fisica. Linda era orgogliosamente consapevole di *piacergli* anche come persona: rideva delle sue battute, la prendeva teneramente in giro, stava bene con lei. E prima di addormentarsi le cercava una mano o le passava un braccio attorno alla vita.

Ma non vi era notte in cui, spenta la luce, il pensiero di Carlotta non tornasse a tormentarla. *Vado a vivere con mio padre*. Come dimenticare il terribile momento in cui l'aveva perduta? Le aveva parlato del suo amore per Matteo e dei loro progetti con sincerità e delicatezza, desiderosa di essere capita ma soprattutto di non turbarla e non ferirla. Non si era lasciata scoraggiare né dalla prima reazione di sbalordimento né dallo sguardo di commiserazione e di condanna con cui la figlia seguiva il suo discorso. Alla fine Carlotta aveva chiesto con voce atona: «Sei proprio decisa ad abitare con quel Matteo?»

«Sì.»

«Allora vado a vivere con mio padre.»

Niente altro. Tre ore dopo Antonio le aveva telefonato stravolto: era impazzita a mettersi con un ragazzino? Dove aveva il cervello? Lui era *preoccupatissimo* per sua figlia. In realtà a stravolgerlo era l'idea di doversela prendere in casa e farsene carico, corpo estraneo nella felice e nuova famigliola. Ma dopo aver tanto proclamato l'amore per Carlotta e il suo dolore per non averne ottenuto l'affidamento dal giudice gli era stato impossibile respingerla.

Due mesi dopo il trasferimento nella nuova casa era arrivata l'altra mazzata: il Tribunale minorile, "alla luce della situazione venutasi a creare ufficialmente e di fatto", aveva ritenuto Linda non idonea all'adozione. Francesco avrebbe dovuto essere "gradatamente" allontanato da lei e preparato a un nuovo inserimento famigliare.

La prima mattina in cui l'assistente sociale e la psicologa erano venute a prenderlo, Francesco si era aggrappato a lei urlando disperatamente quasi avesse capito a cosa preludeva quel distacco di due giorni. Linda aveva ricacciato le lacrime sussurrandogli parole di rassicurazione e di conforto. Ma quando suo figlio se n'era andato, era crollata.

Matteo l'aveva tenuta tra le braccia per tutta la mattina,

sconvolto e impotente di fronte al suo pianto irrefrenabile. Ma con il passare delle ore l'indignazione era andata crescendo e alla fine il suo spirito combattivo aveva preso il sopravvento: incurante delle proteste di Sara, si era recato nello studio di uno dei migliori avvocati milanesi e, dopo avergli appassionatamente e dettagliatamente esposto il caso di Linda e Francesco, gli aveva dato carta bianca per risolverlo nel migliore dei modi.

Il ricorso era finito al tribunale minorile lo stesso giorno in cui la psicologa aveva inviato la sua relazione su Francesco: il piccolo appariva "fortemente turbato e destabilizzato" dal tentativo di allontanamento dalla madre affidataria con la quale si era "evidentemente creato un forte legame affettivo". La relazione si soffermava in una generica analisi descrittiva dei comportamenti e della reattività di un bambino di quattro anni e mezzo e concludeva esprimendo, per il caso specifico, "forti e motivate perplessità" sulla possibilità di un sereno inserimento in altra famiglia.

Il tribunale aveva accolto, sia pur parzialmente, il ricorso: il bambino sarebbe stato seguito per altri sei mesi dalla psicologa e dall'assistente sociale: nel frattempo, venivano sospesi gli allontanamenti periodici dalla madre affidataria.

Mancavano cinquantanove giorni allo scadere del termine. Linda rifiutava di pensarci, ma il suo inconscio registrava l'implacabile trascorrere del tempo: e ogni volta che la stanchezza o lo sconforto incrinavano la corazza dell'autocontrollo, il panico l'afferrava alla gola.

Questo era uno dei momenti. Lentamente e con vergogna, dandosi dell'idiota, alzò lo sguardo sul quadro delle mele appeso di fronte al tavolo. Erano immobili nel loro fondo giallo. Tra cent'anni, se i nipoti e i pronipoti non avessero buttato il quadro, sarebbero state ancora lì con la sgargiante fierezza dei loro colori e della loro intoccabilità. Non chiedevano nulla: la loro forza e la loro gioia era soltanto esistere.

Devo sopravvivere a questi mesi e avere fede, Linda si disse con forza. Carlotta tornerà a casa, Francesco mi verrà dato per sempre e col tempo la nostra esistenza riprenderà normalmente. Una flebile fitta di ottimismo serpeggiò in lei.

Si alzò dalla tavola e attaccò la spina della caffettiera.

«Fai un caffè anche per me?» Matteo chiese entrando in cucina.

«Sì, certo.» Mise due tazze sotto gli erogatori.

«Francesco dorme ancora?»

«Oggi è sabato, non va all'asilo. Più tardi lo porto ai giardinetti con la sua bicicletta nuova.»

«Io dovrei andare a comperare un regalo al figlio di mia sorella.»

«Bene. Il caffè lo vuoi col latte o senza?»

«Senza, grazie. Domani lo battezzano. Mia madre mi ha telefonato per dirmelo.»

«Bene» Linda ripeté.

«Che cosa significa *bene*?»

«Dicevo tanto per dire, non ho commenti *significanti* da fare.»

«Io sì, invece. Mia madre mi ha invitato in chiesa e al pranzo, ovviamente senza di te, e ovviamente l'ho mandata a quel paese. Farò recapitare dal negozio un regalo per il bambino: lui non c'entra con le nostre...»

«Secondo me dovresti andare» Linda lo interruppe magnanima, consapevole che se lui avesse accettato l'invito senza parlargliene l'avrebbe vissuto come un affronto.

«E perché mai?»

«È tua madre.»

«Ma io non sono più il suo bambino. Fino a quando non si deciderà a trattarmi da adulto e a rispettare le mie scelte, preferisco volerle bene da lontano.»

«Se non vai, penserà che è colpa mia e mi odierà ancor più di adesso.»

«Non credo sia possibile. Ho deciso così e basta: il discorso è chiuso, Linda.»

«Per quanto continueremo a fingere che i problemi di cui non parliamo non esistano?» Finalmente l'aveva detto.

Matteo la guardò con amarezza. «Credi che la notte non ti senta rigirarti nel letto? Oppure che non mi accorga dei tuoi momenti di frustrazione o di paura? Purtroppo *non esistono* parole che possano consolare o aiutare a fare chiarezza. I nostri problemi sono angosciosi proprio perché dobbiamo aspettare che si risolvano da soli. E parlarne servirebbe solamente a farci guazzare masochisticamente in questa angoscia.»

Gli occhi di Linda si riempirono di lacrime. «Perché non ti sei innamorato di una ragazza giovane e felice?»

«Ci ho provato dai tredici ai trent'anni.» Si avvicinò a lei e le circondò le spalle. «Il solo problema che *non* abbiamo è il nostro rapporto, perciò smettila di pensare alle solite sciocchezze... Visto che è sabato, perché non torniamo a letto?»

«Ti prego, va' da tua madre.»

«È un ricatto?» sorrise.

«È la prima volta che ti chiedo qualcosa.» Non capiva perché, ma d'un tratto desiderava davvero, con tutta se stessa, che Matteo rompesse il ghiaccio con la madre.

XIII

Imprecando tra sé per essersi lasciato convincere, l'indomani mattina Matteo chiamò la madre per sapere in quale chiesa e a che ora il bambino sarebbe stato battezzato. Senza mostrare alcuna sorpresa e in tono naturale, come se avesse dimenticato l'amaro scontro del mattino precedente, lei rispose che il marito di Paola aveva voluto far battezzare il figlio dallo zio frate appena tornato dalla missione nel Kenia. Di certo se lo ricordava, aveva celebrato anche il matrimonio di...

«In che chiesa?» Matteo tagliò corto.

«Nella cappella dei frati dove si è sposata tua sorella. Non entrare da via Lamarmora perché hanno messo un senso unico, ti conviene fare il giro largo da...»

«Non mi perderò per strada, mamma. A che ora è il battesimo?»

«Dopo la messa delle undici. Se puoi passare a prendere me e Natalina con la tua macchina, ci fai un piacere.»

«Purtroppo non posso. È anzi probabile che arrivi in ritardo» Matteo rispose pronto. Un secco "ciao" e riattaccò, infastidito da quella richiesta che sembrava un ordine.

Ma a infastidirlo ancora di più era stato il tono ostentatamente cordiale e disinvolto di sua madre. Di certo, il fatto che avesse cambiato idea, accettando di andare al battesimo del nipote, equivaleva per lei a una vittoria: anche se continuava a ignorare e a provocare Linda, anche se era sempre guerra aperta, il suo bravo figliolo alla fine correva a testa bassa da lei, incapace di sottrarsi all'autorità materna.

Non vado, Matteo decise d'impulso. Deve capire che, se

vuole me, deve accettare anche Linda. E fino a quando questo non avverrà, i soli contatti con me saranno attraverso i rendiconti del commercialista.

Decise anche di non dirlo a Linda. Per evitare discussioni, alle nove e mezzo uscì da casa. Dopo il battesimo era previsto il pranzo, e perciò per non destare i suoi sospetti avrebbe dovuto stare fuori casa fino a metà pomeriggio. Una bella seccatura, pensò mentre saliva in macchina: come occupare tutto quel tempo? L'idea gli venne mettendo in moto: poteva approfittarne per andare sul lago di Garda. Il complesso residenziale di Giovanni Loi era terminato e l'ufficio vendite aperto. Zanetti e Casio, i due agenti della immobiliare Morelli che da tre mesi vi lavoravano a tempo pieno, sarebbero stati molto contenti della sua visita. Restavano da vendere solamente quattro negozi monovetrina, due attici e quattro bilocali: in pratica avevano fatto miracoli.

Ma il vero miracolo era stato l'intervento di Linda ad Antibes, durante l'incontro con l'imprenditore. Era soltanto merito suo se due giorni dopo Giovanni Loi aveva chiamato in agenzia per chiedere un appuntamento, preannunciando di averli preferiti alla Gerini case.

Alla vigilia dell'incontro, Linda si era fermata in ufficio fino alle undici di sera con Erminia per farsi spiegare l'uso e le funzioni dei computer. E il giorno dopo aveva intrattenuto Loi dimostrando una competenza da esperta. "Faccia tosta", era stata la precisazione di Linda.

Più la conosceva e più si convinceva di vivere accanto a una donna straordinaria. Né i fallimenti del passato né le molte afflizioni del presente avevano intaccato la sua carica vitale. Persino quando aveva gli occhi gonfi di lacrime, nel suo sguardo baluginava una luce di determinazione e di sfida. Era una combattente nata: spericolata, istintiva, inarrestabile.

Talvolta la rimproverava di essere stata troppo avventata nelle sue scelte. Tutti i suoi problemi derivavano direttamente dagli sbagli del passato. «Dovresti imparare ad essere più critica, più cauta» aveva osservato una volta.

«Nella vita l'importante non è vincere, ma partecipare»

era stata la sua seria risposta. «E la cosa peggiore è restare dietro alla porta a guardare quelli che vincono.»

«Questa è pessima letteratura, Linda!»

«No, è grandissima verità.»

Aveva rinunciato a discutere con lei: soprattutto perché l'amava così come era. O forse, proprio *perché era* così. Cose che aveva sempre ritenuto insopportabili, come il tubetto di dentifricio strizzato a metà e lasciato aperto, i giornali sparsi ovunque, i vestiti scaraventati ai piedi del letto, fatte da lei gli sembravano addirittura divertenti. Qualche volta era Linda stessa a scusarsi. «Vedrai che col tempo imparerò a *ottimizzare* il mio ruolo di casalinga!» scherzava.

Io amo questa donna, Matteo pensò imboccando la tangenziale. Era arrivato poco distante dal casello dell'autostrada quando gli venne d'un tratto in mente che la decisione di andare sul Garda era stata quanto mai avventata: Linda lo avrebbe certamente saputo dai venditori. E non solo: sua madre, non vedendolo arrivare, certamente avrebbe telefonato a casa mettendola in grande imbarazzo.

Con una smorfia di disappunto uscì al primo svincolo: non gli restava che andare al battesimo. Quando fu in centro, imboccò senza accorgersene proprio l'itinerario sconsigliato da sua madre e Matteo si perdette in un labirinto di sensi unici. Desiderio inconscio di farle dispetto oppure concreto segnale della riluttanza con cui aveva accettato quell'invito?

Arrivò davanti al portone dei frati con quasi un'ora di ritardo e, mentre parcheggiava, scorse Natalina che gli faceva segno di affrettarsi. «È da mezz'ora che sto qua davanti» lo rimproverò quando la raggiunse.

Il ricordo del loro ultimo incontro risvegliò il rancore di Matteo. «E chi te l'ha chiesto? Ho deciso di venire all'ultimo momento, e rischiavi di aspettare per niente.»

«Volevo avvisarti che dentro c'è Isabella. Io gliel'ho detto a tua madre e a Paola che non dovevano invitarla, ma loro non mi danno mai...»

«Salutamele» la interruppe.

«Che cosa vuoi fare?»

«Andarmene. Tanti saluti anche a te.»

Natalina lo trattenne per un braccio. «Vuoi far vedere che hai paura di incontrare Isabella? O che quella signora ti ha proibito di venire?»

«*Quella signora* si chiama Linda» ringhiò. «E sono venuto soltanto perché lei ha insistito.»

Natalina lo fissò per qualche istante. «E allora non scappare via.»

Senza aspettare la sua risposta, lo tirò verso l'interno. «Quando sono uscita, la messa stava per finire e forse il battesimo è già cominciato. Vogliamo spicciarci?»

Matteo si fermò proprio all'ingresso della cappella e Natalina rimase accanto a lui. «Dopo la cerimonia i frati ci offrono un rinfresco e poi andiamo a pranzo a casa. Lo stanno preparando due cuochi che sono venuti con un camioncino carico di roba» sussurrò.

«Viene anche Isabella?»

«E che, si può cacciare via un'invitata a metà della festa?» Gli fece cenno di abbassarsi. «Secondo me dovresti darle una spiegazione» gli disse all'orecchio. «Finché la lasci in sospeso, non si mette il cuore in pace e non perde le speranze.»

«Ma quali *speranze*? Non lo sa che ho una donna e vivo con lei?»

«Parla piano!»

«Non parlo proprio più.»

Natalina fece spallucce, come a far capire che non gliene importava niente. «Stanno battezzando il bambino, andiamo a vedere o vuoi restare in fondo alla chiesa come un ladro?»

Suo malgrado a Matteo venne da sorridere: Natalina aveva lo stesso modo di Linda di porre le domande, con una sola risposta possibile. «Andiamo a vedere» disse infatti.

Il bambino, come Matteo apprese dalla voce del celebrante, era stato chiamato Michele. Aveva la testa piena di capelli neri e gli occhietti allungati. Matteo si sorprese a fissarlo e per la prima volta si chiese se gli sarebbe piaciuto diventare padre. Linda prendeva la pillola e non si erano nemmeno prospettati l'eventualità di avere un figlio. E adesso che lui lo faceva, non sapeva darsi una risposta.

Sua sorella Paola lo vide in quel momento e gli sorrise.

Fu soltanto durante il rinfresco che Matteo salutò e si intrattenne con gli invitati. Erano una ventina, tutti parenti della sua famiglia e di quella del cognato ad eccezione di Isabella e di una giovane coppia di amici. Evitando con cura di avvicinarsi alla ex fidanzata, Matteo passò da un gruppo all'altro ascoltando e intervenendo nelle oziose chiacchiere di circostanza: il bambino è bellissimo, ottimo questo spumante, il vino rosso è più leggero, viviamo in un mondo senza valori, Paola è in gran forma e nessuno direbbe che ha appena avuto un figlio, tra due settimane è Natale, il tempo vola...

A un certo punto sua madre si avvicinò. «Ti stai divertendo?»

«Moltissimo. Il bambino è splendido.»

«Non mi hai quasi salutato. Perché non stai un po' con tua sorella?»

«La vedo molto indaffarata a intrattenere i suoi ospiti.»

«Quali *ospiti*? Sono tutti parenti e amici.» Lo guardò scuotendo la testa. «Dovresti stare un po' più vicino a Paola, sono gli ultimi giorni che passa a Milano e suo figlio è il tuo unico nipotino.» Era tipico di sua madre passare da un argomento all'altro.

«Dove va Paola?»

«A Roma. Suo marito è stato trasferito e andranno ad abitare lì. Partiranno dopo le feste.»

«Non lo sapevo.»

«E come potevi? Ormai sei diventato un estraneo.» Gli lanciò un'occhiata di traverso. «Sei persino cambiato fisicamente. Lo dicevamo poco fa con Isabella e Paola. Sei stanco, trasandato... Lo sai che hai una grinza sul collo della camicia e la piega dei pantaloni stirata male?» chiese in tono quasi trionfante.

«Non me ne ero accorto. In ogni caso, Linda lavora e ha due figli da seguire.»

«Appunto! Una madre di famiglia non è la donna che ci vuole per te.»

«Dicevi anche questo, con Paola e Isabella?»

«Isabella è una ragazza così cara. E non hai salutato neppure lei.»

Matteo decise che aveva sopportato abbastanza. Infilò una mano nella tasca dei pantaloni, ne estrasse un pacchetto e lo porse alla madre. «È un regalo per il bambino. Dallo a Paola e falle tanti auguri da parte mia» disse glaciale.

«Tu sei pazzo... È forse un'offesa dire di una donna che non è *adatta*? Vivendo con lei sei diventato come un cane ringhioso!»

«Prendi questo pacchetto, mamma.»

Carla Morelli incrociò le mani dietro la schiena, come una bambina. «Non ci penso nemmeno. Dallo tu a tua sorella.»

Matteo lo posò con malgarbo su un tavolino accanto e le voltò le spalle dirigendosi lentamente verso l'uscita della sala. Non voleva dare nell'occhio né essere fermato né salutare quella accozzaglia di vecchi parenti che, per anni, aveva visto soltanto a matrimoni, funerali e pranzi comandati. Era vero, ormai si sentiva un *estraneo*.

Era arrivato alla macchina e stava aprendo lo sportello quando sentì sua sorella chiamarlo. «Aspetta!» Paola lo raggiunse di corsa. «Non puoi andartene via in questo modo! senza nemmeno salutarmi.»

«Ti saluto adesso.»

«Io non sono Isabella o una delle ragazze che puoi prendere e scaricare senza una parola. Sono *tua sorella*, siamo cresciuti insieme, abbiamo giocato insieme, siamo sempre stati uniti...»

«Sei tu che in questi mesi l'hai dimenticato.»

«Come ti saresti comportato se io fossi andata a vivere, che so, con un ottantenne o con un evaso dal carcere? Mi avresti incoraggiata e approvata? O non piuttosto...»

«Togliti dai piedi, Paola.»

«Ho fatto un esempio per spiegarti! So bene che la tua donna non è una ottuagenaria né una criminale. Ma resta il fatto che ha due figli e parecchi anni più di te. La tua famiglia è molto preoccupata.»

«La mia famiglia è lei.»

«E noi chi siamo? Non esistiamo più? Adesso tu sali in macchina e con questa uscita plateale ci cancelli per sempre dalla tua vita?»

«Proprio così.»

Paola lo guardò con aria compassionevole. «Ti esalta e ti fa sentire un grande uomo difendere il tuo amore contro il mondo!»

«Mi limito a difendere me e Linda dalle vostre meschinità.»

«Forse la cosa che più ti esalta sono proprio le nostre *meschinità*. Forse il grande amore per questa Linda si sgonfierebbe se tu non fossi tanto impegnato a difenderla!»

«Sono innamorato di lei, sorella. E questa è una cosa che non puoi capire perché, fin da quando sorridevi seduta nel seggiolone, la tua vita è stata votata all'amore per te stessa e alla ricerca dell'applauso. Ti sei sempre sentita superlativamente bella, spiritosa, acuta, dotata. E dai giocattoli al marito ricco e adorante, hai sempre cercato il massimo. Finalmente posso dirtelo: mi sei sempre stata sulle palle. Non mi sei mai piaciuta. Se fosse dipeso da me, non ti avrei mai scelto né come sorella né come compagna di giochi.»

«Quella donna deve averti lavato il cervello.»

«Eh, già. Ci deve pur essere una spiegazione, se qualcuno è talmente pazzo da non capire quale perfetta creatura sei.»

«Hai finito?»

«Se fosse stato per me, non avrei nemmeno cominciato. Buon viaggio e buona fortuna, ragazza.»

«Un momento. Prima di dirci addio per sempre posso farti una domanda?» Paola chiese fissandolo negli occhi.

«Falla.»

«Perché in questi sei mesi non mi hai mai telefonato?»

«Questa non è una domanda, è...»

«Mi aspettavo che tu lo facessi, sai? Anche se ti stavo sulle palle, ci siamo sempre visti, cercati, aiutati. Avrei potuto mettere una buona parola con la mamma, venire a conoscere Linda, magari capire di avere sbagliato tutto nel giudicarla inadatta a te.»

«E perché non l'hai fatto?»

«Perché non ero io che dovevo far valere le mie scelte, non ero io che dovevo difendere la mia donna, non ero io che dovevo dimostrare quanto degna e brava fosse!» Alzò la voce.

«Dove vuoi arrivare, Paola?»

«Sei tale e quale a me» lei replicò calmandosi di colpo. «Anzi peggio: se ti manca l'applauso, fai calare il sipario e fuggi dalla scena disprezzando il pubblico imbecille che non ti ha capito. Proseguire lo spettacolo per fargli cambiare idea? Troppo rischioso, potresti ottenere una nuova bordata di fischi che ti costringerebbe a mettere in discussione il tuo presunto talento.»

«Fuor di metafora, che cosa vuoi dire?»

«Hai tagliato fuori la tua famiglia per il *terrore* di vedere Linda coi nostri occhi e doverti chiedere se è poi la straordinaria persona che credi. La tua intelligenza è superlativa come la mia: riflettici sopra. E con questo sono io a dirti addio e buona fortuna.»

XIV

«Linda, che cosa è questa?» Matteo chiese mostrandole una busta rettangolare ancora chiusa nonostante fosse stata spedita per raccomandata espresso.

«Una lettera della banca... Non l'avevo vista, da dove è sbucata?»

«Dal vassoio dove ammucchi la posta dimenticando di leggerla. Questa raccomandata è di *quattro giorni fa*.»

«Finisco di vestire Francesco e poi la apro.»

«Francesco è in bagno e vorrei che la aprissi subito.»

Linda strinse le labbra e gli rivolse un sorriso imbarazzato. «So già che cosa dice, sono andata in rosso. La settimana scorsa ho comperato una pelliccetta per Carlotta e qualche altro regalo natalizio, così...»

«Hai la firma sul mio conto corrente, perché non hai usato quello per pagare?»

«Dovresti sapere che non sopporto di fare la mantenuta. È già umiliante che tu paghi l'affitto, la donna, le bollette e...»

«Umiliante è ricevere lettere di sollecito dalla banca. Prima di andare in ufficio passeremo a coprire lo scoperto e a chiudere questo conto.»

«Non ce n'è bisogno! Domani Erminia paga la tredicesima e lo stipendio, tutto insieme, e passo a coprire con i miei soldi.»

«È il principio che non va, Linda. Non devono esistere soldi tuoi e soldi miei: nelle famiglie si ha una gestione comune delle entrate.»

Noi non siamo una famiglia, mamma... La voce amara di Carlotta prima che lei conoscesse Matteo, prima che la abbandonasse.

«Sto parlando con te, Linda.»

«Noi non siamo una famiglia» ripeté con un sospiro.

Matteo la guardò sarcastico. «Mi sono perso qualcosa? Che so, vivere insieme, amarti, sentirmi responsabile dei tuoi figli, condividere i problemi? A meno che tu non alluda alla legalizzazione di uno stato di fatto.»

«Non ho mai parlato di matrimonio!» Linda si ribellò.

«Nemmeno io, dal momento che fino a un mese fa non avevi ancora avuto il divorzio. Ma ho sempre dato per scontato che appena tu fossi stata libera ci saremmo sposati.»

«Non voglio parlarne adesso!»

«D'accordo, ci dirà l'avvocato quando potrai fare le pratiche per...»

«Sto bene con te anche così, senza matrimonio!»

«Ne prendo atto con piacere. Nel frattempo dovremmo *ottimizzare* il nostro ménage» Matteo disse semiserio.

«Anche questo a me sta bene così.»

«A me no. Per prima cosa faremo venire la domestica anche alla mattina: mezza giornata non è sufficiente, tanto più che dalle quattro in poi deve occuparsi di Francesco.»

«E che cosa fa, dalla mattina alla sera? Tieni conto che al sabato, e quando torno dal lavoro, della casa mi occupo anche io.»

«Cinzia può stirare, pulire i vetri, riordinare gli armadi, spolverare le librerie... La casa è grande e c'è un'infinità di cose da fare Tu non puoi fare miracoli né sobbarcarti un doppio lavoro.»

Linda strinse gli occhi. «Mi stai dicendo, in sostanza, che come massaia valgo zero.»

«Tu *non sei* una massaia, ma una donna che lavora fuori casa. Per inciso, ottimamente e con successo.»

«È un sollievo sentirlo. Va da sé che intendi farti carico *anche* delle ore in più che Cinzia farà.»

«Credevo che l'argomento soldi fosse stato chiarito.»

«*Chiarire* non sempre significa risolvere. In questo caso, rimane il fatto che a me non va di farmi mantenere da te.»

«Vuol dire che Cinzia la pagherai tu, se questo può farti sentire meglio.»

«Io non vedo affatto la necessità di farla venire tutto il giorno e non ho soldi da buttare! Anzi, non ne ho proprio.»

Matteo sospirò. «La verità è che li butti. E questo è un altro discorso che dobbiamo fare, Linda. Io non sono un taccagno né vivo col culto del denaro. Però lo amministro con la testa perché, ti piaccia o no, ha un suo valore.»

«Dove vuoi arrivare?» Linda chiese irrigidendosi, con voce di ghiaccio.

«Gesù, tu credi che le banche siano Babbo Natale e le carte di credito il loro regalo valido per tutto l'anno! Non puoi comperare tutto quello che ti viene in mente convinta che non pagare subito significhi fare acquisti gratis oppure mettere in conto alla banca. Insomma, vorrei che imparassi finalmente ad *amministrare* le entrate. Non è un verbo infame e nemmeno un esercizio di alta acrobazia: basta metterci un minimo di buona volontà. Per piacere, non fraintendermi...»

«E come potrei? Ti sei spiegato benissimo.» Raggelante.

«Linda, io ti amo e voglio che nella nostra casa e nel nostro rapporto tutto funzioni nel modo migliore.»

«Forse quello che vuoi è una donna diversa da me.»

«Questo non puoi dirlo! È la più grossa idiozia che...»

«Vado da mio figlio prima di dirne altre.»

Matteo la raggiunse cinque minuti dopo, mentre lei stava vestendo il bambino. «Vuoi che faccia io?»

«Questo so farlo benissimo, grazie.»

«Linda, mi dispiace.»

Francesco lo guardò con gli occhioni spalancati. «Perché *ti dispiace*?»

«Sono stato molto stupido e cattivo con la mamma e adesso lei è arrabbiata con me.»

Linda lo trapassò con un'occhiata. «Non sono abituata a coinvolgere i miei figli nelle mie miserie.» Si rivolse a Francesco. «Tu stai fermo, vado a pulirti le scarpe.»

Il bambino la seguì con lo sguardo, poi si rivolse a Matteo e sussurrò con voce complice: «È proprio *arrabbiata!* Però se fai un bel disegno e glielo regali, si mette subito a ridere. Io faccio sempre così.»

Matteo gli scompigliò i capelli. «Mi hai dato davvero un buon consiglio. Come farei senza di te?»

«Tu non ti arrabbi mai» constatò con aria di approvazione.

«È per questo che non mi regali mai un disegno?»

«Oggi all'asilo te ne faccio uno.»

«Promesso?»

Francesco incrociò gli indici: «Promesso.»

Linda tornò con le scarpe lucidate. «Stamattina arriverò più tardi in ufficio» disse senza guardarlo, curvandosi a infilarle al bambino.

Matteo non osò chiederle il motivo né ricordarle che dovevano andare in banca. «Va bene. Vuoi che accompagni io Francesco all'asilo?»

«Grazie sì, se non ti è di disturbo.»

Non appena rimase sola, Linda telefonò all'amica Sara. Al suo "pronto?" scoppiò in singhiozzi.

«Linda, che cosa è successo?»

«Niente... Adesso mi passa...»

«Vuoi che venga da te?»

«No, no... Ho solo litigato con Matteo.»

Un sospiro di sollievo. «Vengo da te e mi racconti.»

«Potresti prestarmi cinque milioni fino a domani sera?» Linda chiese d'un fiato.

«Certo... Ehi, non dirmi che adesso Matteo esige di essere pagato per le sue prestazioni!» scherzò intuendo il disagio dell'amica e desiderando con tutta se stessa rasserenarla.

«Matteo è uno stronzo» Linda sbottò con voce di pianto. Le raccontò quello che era appena accaduto tra loro, e stavolta Sara non ebbe bisogno di chiedere particolari e replay perché fu Linda stessa a ricostruire dall'inizio, parola per parola, l'amaro scontro.

L'amica tacque qualche istante. «Matteo ha ragione. Tu hai sempre vissuto *contro* qualcosa: tua madre, i soldi, l'ordine, il senso del limite, la tua resistenza fisica... È quello che ti ho sempre rimproverato, e trovo molto positivo che si sia deciso a farlo anche Matteo.»

«*Positivo* in che senso?»

«Detto molto rozzamente, ha le palle. Detto in modo più

corretto, è in grado di tener testa a una donna con una personalità forte come la tua. I tuoi ex mariti non ce l'hanno fatta lui, a quanto pare, non intende mollare. Il cielo mi perdoni, ma comincio a vedere qualche possibilità di futuro in una storia che agli inizi mi sembrava rovinosa e pazzesca. Tutto però dipende da te. Gli hai già buttato sulle spalle responsabilità e problemi non irrilevanti: cerca almeno di non aggiungere quelli della disorganizzazione e del disordine. Alla lunga sono i più insidiosi. Amare una pluridivorziata con prole e farsene carico può far sentire nobili, ma convivere con i solleciti della banca, la cucina in disordine, i giornali sparsi e i vestiti buttati dove capita crea soltanto irritazione e rigetto!»

«Io faccio quello che posso, Sara.»

«Lascia che lo faccia la domestica. Come giustamente sostiene Matteo, non puoi sobbarcarti un doppio lavoro. E smettila di rovinarti per inondare di regali Carlotta. Questo Matteo non te l'ha detto, ma come amica te lo dico io: non è mendicando un suo gesto di affetto o cercando di comprarla che riporterai tua figlia a casa.»

«Sara, non so più che cosa fare.»

«Hai fatto già troppo. Comportandoti come la Grande Colpevole che striscia chiedendo perdono, non fai che alimentare il rancore di Carlotta e la sua voglia di punirti. Smettila di supplicare, telefonare, percuoterti il petto. Tua figlia sa anche troppo bene quanto la ami: quando sarà pronta, e soprattutto quando avrà capito che non sei più un suo ostaggio, si farà viva lei.»

«Carlotta si è sentita rifiutata da me. In pratica, ho sacrificato lei al mio amore per Matteo» disse cupamente.

«Non sei stata *tu* a porre l'aut-aut! Sia chiaro, non sottovaluto ciò che tua figlia ha provato, però sono d'accordo con il giudice minorile: il bene dei figli va visto anche nell'ottica dei tempi lunghi, e credo che diventare adulti accanto a una madre sola, frustrata e incattivita dall'olocausto di sé sia tra i peggiori dei mali. Carlotta ha avuto il suo primo scontro con una realtà diversa da quella che voleva: è comprensibile che la sua reazione sia stata tanto violenta, però crescere significa anche adattarsi, capire.»

«Tra quattro giorni è Natale: darei l'anima per averla con me» Linda sussurrò affranta.

«Tua figlia sa anche questo, e sta aspettando di essere implorata. Se non lo farai, proverà stupore, amarezza, paura e, vivaddio, anche qualche salutare senso di colpa.»

«È crudele quello che mi stai suggerendo! Come posso infliggerle anche questo?»

«Terapia d'urto, mia cara! Qualche volta è indispensabile.»

«Sono stanca, Sara. Stanca di tutto.»

«Fatti una bella dormita e manda al diavolo l'ufficio, per oggi. Se mi dai il numero del tuo conto, prima di andare in studio passo io a fare il versamento in banca.»

«Non so come ringraziarti...»

«Per tanto poco? Ho fatto ben altro per te, e ricevendo in cambio soltanto dei cordiali "non capisci niente" e "occupati dei fatti tuoi"» ridacchiò.

Al termine della telefonata Linda accese la radio, prese stracci, detersivi, spazzettone e cominciò a ripulire la casa con la diligente estraneità dell'infermiera pagata per assistere un infermo. *Questa casa non mi piace*. Era la prima volta che la sua mente osava prendere atto di una oscura sensazione di disagio e ne fu quasi spaventata. Era la casa che Matteo si era affrettato a cercare per tutti loro, smanioso di una vita in comune, e che lei per tre settimane aveva entusiasticamente misurato e percorso trasportando mobili, sistemando oggetti, creando zone verdi e angoli accoglienti.

Non è vero, rimarcò puntigliosa una voce dentro di lei. Quando hai dovuto dare al rigattiere la tua libreria, il tuo vecchio tavolo e la tua camera da letto per fare posto ai mobili di Matteo ti sei sentita come violentata. Quando giravi per le stanze prendendo le misure delle pareti e degli spazi tra una finestra e l'altra, in realtà cercavi soltanto di convincerti che in quelle stanze avresti finito per trovarti bene. E invece non hai ancora smesso di sentirti di passaggio.

Ogni volta che passi davanti alla camera vuota di Carlotta distogli lo sguardo e pensi che, per colpa di questa casa, tua figlia ti ha abbandonato. Cammini in punta di piedi come l'ospite che ha paura di disturbare. Apri il cassettone per prendere la biancheria con i gesti furtivi di una ladra perché quel cassettone è di Matteo. Il solo posto in cui trovi un po' d'intimità è la cucina. Ti siedi davanti al quadro delle mele felici e ti sembra finalmente di respirare: fino a quando Matteo non ti viene a cercare, impaziente, chiedendoti che cosa fai lì tutta sola.

«*Questa casa non mi va, questa casa non mi va*», Linda canticchiò sulle note di *Una zebra a pois* sovrapponendo la sua voce a quella di Mina. Fregò con furia una macchia di caffè davanti al tavolino del salotto e si accorse che il prezioso Kashan di Matteo era pieno di briciole. Andò a prendere l'aspirapolvere e lo ripulì tutto. *Stai attenta a non passare le spazzole sopra le frange*! La voce quasi supplice di Matteo, la prima volta che glielo aveva visto fare.

Spostò l'aspirapolvere sull'altro tappeto ("È un vecchio caucasico che i miei nonni regalarono a mia madre quando si sposò: delicatissimo..."). «*Rendiglielo, rendiglielo*» Linda canticchiò, sovrapponendosi stavolta alla voce di Raf. Ripose l'aspirapolvere e prese la scala. L'appoggiò alla libreria e si issò sull'ultimo piolo cominciando a riordinare i libri. Era scesa al penultimo e stava spolverando il ripiano più basso quando, con perfetto tempismo, squillò il telefono.

Un saltello e andò a rispondere. Era Matteo. «Linda, sei ancora lì?»

«Sì. Oggi non vengo in ufficio. Dirò a Erminia di segnare la giornata come ferie.»

Qualche istante di silenzio. Poi: «C'è qualcosa che devi dirmi, Linda?»

«Assolutamente nulla.» *Vaffanculo*, suggerì la voce.

«Vuoi che venga a casa anch'io?»

«Non ne vedo la ragione.»

Altro silenzio. «Linda, scusami. Sto male.»

«Questo non fa sentire meglio me. Adesso ti lascio» disse riattaccando prima che lui potesse replicare qualcosa.

Mentre era al telefono aveva adocchiato una piccola ragnatela tra le due finestre: spostò la scala, vi salì e la tolse. A mezzogiorno il soggiorno splendeva come uno specchio. Lavò gli stracci, riempì il secchio di acqua pulita e detersivo e cominciò a fregare le stanze da letto con un accanimento simile all'odio. Quando entrò nel suo bagno e passò davanti allo specchio, le sembrò che l'odiata casa le avesse fatto un incantesimo trasformandola in strega: aveva i capelli scarruffati, il viso ingrigito da un velo di polvere e lo sguardo stralunato.

Girò la manopola della doccia, si spogliò e si infilò sotto al getto caldo. Mentre strecciava i capelli sentì le chiavi girare nella serratura: erano le due, l'ora in cui Cinzia arrivava. Si avvolse nell'accappatoio e la raggiunse. La donna era ferma davanti alla porta del soggiorno. «Chi ha pulito, signora?» chiese stupita.

«Io. Prima di andare a prendere Francesco; dovresti proseguire con i bagni. E poi, se il bambino sta buono, dare una riordinata alla cucina.»

«Va bene... Oggi non è andata a lavorare, signora Linda?»

«Oggi ho lavorato in casa.» E ne ho avuto abbastanza, aggiunse tra sé.

Tornò in bagno, si asciugò i capelli, si truccò con cura, si vestì e raggiunse nuovamente la domestica. «Io esco. Tornerò alle sei.»

Scese le scale senza aspettare l'ascensore. Non sapeva dove andare né che cosa fare, aveva soltanto bisogno di fare due passi e scrollarsi di dosso quella stanchezza cattiva. Uscì dal portone e si trovò in corso Monforte: l'unico pregio della casa era il trovarsi in pieno centro.

Si diresse a piedi verso piazza San Babila. Il latteo chiarore del giorno invernale si stava lentamente stemperando nella luce grigia del tramonto: ma gli addobbi natalizi, le vetrine illuminate, i festoni intermittenti e i marciapiedi affollati diedero a Linda la sensazione di trovarsi in un luna park. L'atmosfera era la stessa, eccitante e festosa, e suo malgrado ne fu contagiata.

Entrò in un bar per bere un caffè e solo in quel momento ricordò che a mezzogiorno non aveva mangiato nulla. Si sedette e ordinò un tramezzino farcito e una spremuta di pompelmo. Si accorse di avere ancora fame, e ne ordinò un altro. Quando tornò in strada, il rabbioso scontento che per tutto il giorno l'aveva fatta scattare come una molla era diventato lucida determinazione. Non poteva permettere *a nessuno* di gettarle addosso palate di sensi di colpa.

Smetterò di elemosinare il perdono di Carlotta e di smaniare per ottenere l'approvazione di Matteo, si propose. E a questo punto posso tornare a casa.

Il parcheggio dei taxi era poco distante e vi si diresse accelerando il passo. Il rosso del semaforo la fermò e lo sguardo le cadde su una statuetta d'alabastro esposta nella vetrina d'angolo. Raffigurava Eva che usciva dal costato di Adamo avvolta dalle spire di un serpente e con una mela in bocca. Non aveva mai visto nulla di così allegramente pacchiano. Chi può comperare un oggetto simile?, si chiese divertita.

Tu, la sperperona, rispose prontamente la voce. Avanti, dimostra il tuo coraggio! Non potresti davvero fare una spesa più inutile...

Entrò nel negozio come in trance e indicò alla commessa la statuetta. «Quanto costa?» chiese dandosi della pazza.

«Trecentomila lire.» La tolse dalla vetrina e gliela mostrò.

Linda fece istintivamente un passo indietro. «Lasci stare, non volevo spendere tanto.»

«È una scultura degli anni Venti» la commessa spiegò senza troppo entusiasmo. «Vuole vedere qualche altra cosa?»

«No, no.» Linda disse scuotendo la testa. *Hai paura di Matteo, eh? Stamattina ti ha sgridato e adesso vuoi fare la brava bambina*. Vide la commessa curvarsi verso la vetrina per riporre la statua e gridò, quasi: «La prendo! Naturalmente se posso pagare con la carta di credito» aggiunse abbassando la voce.

«Non ci sono problemi. Devo farle una confezione regalo?»

«Non importa, è per me.» Le parve che la commessa le lanciasse una strana occhiata di perplessità e di stupore.

Appena fu a casa, congedò la donna e corse a nascondere il pacchetto nell'armadio della biancheria. Poi cominciò a preparare la cena. Matteo arrivò alle sette e apparecchiò la tavola facendosi aiutare da Francesco. Dalla cucina li sentì confabulare e ridere.

Tanta fatica per nulla, pensò. Matteo non sembrava nemmeno essersi accorto che la casa era lustra come uno specchio. *Smettila di aspettarti carezzine e lodi come una brava bambina.*

Portò in tavola la zuppa di verdura, riempì i piatti e si sedette.

«Tu non mangi?» chiese Matteo.

«Non ho fame.»

Francesco la guardò rammaricato. «Non usi nemmeno il tovagliolo?»

«Se ti fa piacere...» Allungò una mano e sentì, ancor prima di vedere, uno strano rigonfio. Era una busta con il suo nome scritto in stampatello. E, dentro, un foglio con un disegno.

«Lo ha fatto Matteo in ufficio!» precisò il bambino.

Era il disegno di una stanza con i libri per terra, gli oggetti in disordine, i portacenere disseminati sui tappeti. *Questo è il mio paradiso, perdonami se stamattina l'ho dimenticato*, Matteo aveva scritto sotto.

Linda sentì i suoi occhi su di lei e non osò guardarlo.

«Non ti piace, mamma?»

«*Moltissimo.*» D'un tratto tutta la sua rabbia s'era dissolta. Alzò gli occhi su Matteo: «Davvero questa casa ti sembra un paradiso?» chiese con una strana voce tra il divertito e il commosso.

«Davvero, Linda.»

Lei si alzò di scatto, corse all'armadio della biancheria e tornò con il pacchetto. Lo aprì e gli mise in mano la statuetta di alabastro.

Matteo la rigirò perplesso. «Che cos'è?»

«Adamo ed Eva scacciati dal paradiso terrestre. Diciamo che è un regalo simbolico, un monito.»

Matteo scoppiò a ridere. «Ne sono *agghiacciato*. È veramente un monito spaventoso.»

«Costa trecentomila lire e l'ho pagata con la mia carta di credito» Linda disse d'un fiato, in tono volutamente provocatorio.

Matteo tacque qualche istante e poi le venne vicino. «Brava ragazza, così si fa» rise.

XV

L'antivigilia di Natale Matteo notò che la pelliccia comperata da Linda per la figlia era ancora nell'armadio, ma non fece alcun commento. Carlotta sembrava diventata un gigantesco tabù: Matteo non ne parlava, Francesco aveva smesso di chiedere quando sarebbe tornata a casa e persino Sara, dopo averle tanto vivamente raccomandato di non cercarla, non mostrava alcuna curiosità di sapere se questo consiglio era stato o no seguito.

Linda stessa vanamente si vietava di pensare alla figlia e talvolta rabbrividiva di angoscia: era come se tutti loro l'avessero cancellata e sepolta. Non la vedeva da due settimane. "Ti chiamerò prima delle vacanze di Natale per sapere se verrai a passare qualche giorno con noi" le aveva detto con voce implorante. E invece non l'aveva fatto. Non era affatto convinta che quanto Sara sosteneva fosse giusto, e l'idea di poter ingenerare in Carlotta insicurezza e senso di abbandono la faceva soffrire esattamente come il farsi violenza per non telefonarle.

Ma, dopo aver visto fallire tutti i tentativi di riportarla a casa, non le restava che aggrapparsi alla "terapia d'urto" suggerita da Sara. Una cosa era sicura: che avesse funzionato o no, era impossibile che il rapporto con Carlotta potesse ulteriormente peggiorare.

Sua figlia era l'unica ombra di quei giorni perfetti. Chissà perché, pensò amara, anche nelle grandi gioie manca sempre qualcosa. Forse era proprio quel "qualcosa" a spingere alla preghiera. "Se sulla terra esistesse la felicità perfetta, gli uomini non avrebbero bisogno di Dio", aveva detto una volta Sara. Beata lei che aveva una risposta per tutto.

Quel giorno, passando davanti a una chiesa, Linda provò l'irrefrenabile desiderio di entrarvi. Non le era mai successo. Aprì il portoncino e fu subito avvolta dalla penombra e dal silenzio. Immerse le dita nell'acquasantiera, fece il segno della croce e mosse qualche passo fino a raggiungere la prima fila dei banchi. Si inginocchiò e raccolse il mento tra le dita incrociate.

Non ricordo più come si prega, pensò fissando l'altare. E, subito dopo, ebbe un altro pensiero: sono una *peccatrice*. Per la prima volta vedeva la sua vita in questa luce. Ho divorziato due volte, non ho onorato mio padre e mia madre, convivo con un uomo che non è mio marito, ho dato scandalo ai miei figli, inseguito le vanità e le pompe terrene...

Abbassò gli occhi. Signore, non sono pentita, disse silenziosamente. In tutti questi anni mi sono sentita disperata, triste, rabbiosa, spaventata e cretina, ma mai una *peccatrice*. Amo i miei figli con tutto il cuore e non riesco a vedere lo scandalo o il male nell'amore che ho per Matteo. Non so quanto durerà, però non riuscirò mai a lasciarlo per rispettare i tuoi comandamenti.

Si alzò, uscì dal banco e si fermò per qualche istante, lo sguardo di nuovo alzato verso l'altare. Signore, non merito niente, non so pregare, chissà per quanto tempo non entrerò di nuovo in una chiesa, però ascoltami lo stesso: apri il cuore di mia figlia e rimandala a casa.

Fece il segno della croce e si diresse verso l'uscita. Accanto al portoncino vide la cassetta per le elemosine.

Aprì la borsa, estrasse il portafoglio e infilò nella fessura due banconote da centomila lire. Erano i soldi con cui avrebbe dovuto comperare un maglione, e quella mortificazione della vanità le parve il minimo che potesse fare per dare almeno un segno di buona volontà.

La madre di Matteo telefonò la mattina della vigilia, ma stavolta fu lui a rispondere. Linda era nel bagno accanto, e attraverso la porta non poté fare a meno di udire. Matteo stava evidentemente rifiutando un invito. E prima di riattaccare disse forte e chiaro: «Non è il caso che tu insista, mamma, intendo passare il Natale con la mia famiglia... Augura a Paola buon viaggio da parte mia».

Linda uscì dal bagno pochi minuti dopo e fece finta di nulla, aspettando che fosse lui a parlare. Ma Matteo non fece alcun cenno alla telefonata. Anche sua madre faceva parte degli argomenti intoccabili. Quando era tornato dal battesimo del nipotino, vanamente Linda aveva atteso che le dicesse come era andata. Se glielo avesse chiesto, la prevedibile risposta sarebbe stata: bene.

Bene era il loro avverbio di rito, una specie di lapide sotto la quale seppellivano tutto ciò che poteva complicare la loro vita. Il cielo ci guardi dal giorno della resurrezione, pensò amara.

«Francesco è pronto?» chiese Matteo allargando il pullover per infilarlo.

«Sta finendo la colazione. Deve soltanto lavarsi i denti.»

«Ti serve qualche cosa al supermercato?»

«Manca solamente il pane, ma lo porterà Sara nel pomeriggio. Quello della sua fornaia è l'unico che si conserva per due giorni senza diventare gommoso.»

«Abbiamo abbastanza vino?»

«Sì, se non intendi affogare nell'alcol tutti i tuoi dispiaceri» rispose con una risatina.

Matteo la guardò con gli occhi stretti. «Che cosa vuoi dire?»

«Era solo una battuta, ma non tutte mi vengono bene.»

«Dovresti rilassarti. Nessuno ti chiede di dire sempre cose spiritosissime e intelligentissime.»

«È un sollievo saperlo.» Fece per uscire dalla stanza.

«Dove vai, adesso?» Matteo la richiamò.

«Fuori da questa stanza. Siamo sull'orlo di una lite e vorrei risparmiarmi l'inondazione dei tuoi "*mi dispiace, perdonami ti amo, sono stato un idiota*"» scimmiottò sarcastica.

«Non ti viene il dubbio che qualche volta dovresti essere *tu* a scusarti con me?»

«No, mai.» Gli rivolse uno sfolgorante sorriso e andò in cucina. Complimenti, una uscita plateale e di grandissimo effetto, si disse.

Francesco stava sbocconcellando un biscotto, la tazza di latte ancora piena.

«Se non ti sbrighi» gli disse «Matteo uscirà da solo.»

«Il latte non mi piace, però ho mangiato *tantissimi* biscotti da soli.» Allargò le braccia per sottolineare quanti.

Linda non se la sentiva proprio di aprire un nuovo fronte di combattimento. «Va bene, per questa volta lascio correre. Ma pensa a quanti bambini hanno fame e sarebbero felici di bere il tuo latte. Ti sembra giusto buttarlo via?»

Francesco la fissò scuotendo la testa. «No, mamma, non è giusto.» Corrugò la fronte. «Però se lo buttiamo o lo beviamo è lo stesso, perché tanto ai bambini poveri questo latte non arriva...»

Linda sentì la risata di Matteo, fermo sulla porta della cucina. «La logica di Francesco non fa una grinza! Mi rimangio quello che ho appena detto, Linda: è meglio che tu dica soltanto cose spiritose e intelligenti...»

Per qualche istante non capì se era divertita o offesa. Poi rise anche lei. «Ho ripetuto quello che mia madre mi diceva quando lasciavo il cibo nel piatto. E giuro che pensavo esattamente quello che ha detto Francesco...»

Il bambino li guardò, contento di averli fatti ridere ma con l'aria di non capire perché.

«Ricominciamo daccapo, Linda: c'è abbastanza vino? Ti manca qualcosa per la cena di stasera?» Matteo chiese passandole un braccio sulle spalle.

Avvicinò la testa alla sua. «Non manca niente. Scusami.»

Non appena Matteo uscì con Francesco, Linda infilò un grembiule e si mise a braccia conserte davanti al frigorifero. Prima di preparare il cenone della vigilia doveva organizzarsi. Comincio a pulire il pesce, decise, e mentre il pesce cuoce preparo la maionese. L'anno prima aveva comperato quella in barattolo, ma Sara se n'era subito accorta. «La sola superiorità che ti ho sempre riconosciuto è come cuoca! Questo è alto tradimento!» aveva protestato.

Sara... Che cosa aveva fatto per meritare un'amica come lei? Finalmente non era più costretta a sentire battutacce volgari e cretine nei suoi confronti: l'istintiva simpatia di

Matteo si era trasformata in quei mesi in affetto incondizionato. Ai suoi occhi, Sara, rappresentava la quintessenza del buonsenso e della razionalità. «Solo perché hai capito che non ha più pregiudizi verso di te» ironizzava Linda. «E hai fatto cose da saltimbanco e da vile seduttore per conquistare la sua stima!»

In quei giorni Sara le telefonava continuamente: coraggio, tieni duro, sento che Carlotta sta per cedere... Era l'unica persona a capire la sua amarezza e la lotta che stava sostenendo per vincere la tentazione di strisciare, mendicare, implorare. I suoi genitori ignoravano che la nipote se ne fosse andata. E Linda si era guardata bene dal parlare loro di Matteo. Cucina e non pensare, si ordinò.

Cercò una pentola bassa e larga (dove diavolo era finita la pesciera?), la riempì d'acqua, vi aggiunse gli odori, un limone tagliato a metà e un mazzetto di alloro e accese il gas. Mentre l'acqua raggiungeva il bollore, preparò sul tavolo le uova, una scodella larga e l'olio di semi di mais per fare la maionese. Ovviamente a mano: anche il frullatore rappresentava per Sara un tonfo di qualità.

Quando l'acqua bollì, Linda distese i due dentici in fondo alla pentola e coprì col coperchio. Stava rompendo il quarto uovo quando squillò il campanello della porta d'ingresso: dapprima così piano che credette di essersi sbagliata, poi perentoriamente.

Carlotta, pensò. Corse ad aprire sentendo il cuore che si spostava da una parte all'altra del petto. Era una donna anziana e molto piccola di statura. «Sono Natalina» si presentò senza preamboli, fissandola con gli occhi penetranti e chiarissimi.

Sapeva chi era, e per qualche istante rimase a fissarla anche lei, delusa che non fosse Carlotta e stupita per quella visita. «Matteo non è in casa» disse infine.

«Sono venuta per lei. Lei è Linda, vero?» chiese con aria dubbiosa.

«Sì, sono io.»

«Ha l'aria molto giovane» disse quasi a se stessa «Mi fa entrare?»

Si fece subito da una parte. «Sì, certo, mi scusi.» La

guidò verso il soggiorno, e notò che gli occhi di Natalina frugavano tutt'intorno quasi volesse memorizzare ogni particolare e ogni angolo. Le indicò il divano. «Vado un attimo in cucina e la raggiungo.»

«Posso venire in cucina anch'io» Natalina disse restando in piedi.

«Come crede...»

Scostò una sedia dal tavolo e sgombrò il ripiano. «Mi scusi, stavo preparando la maionese.» *Smettila di scusarti.*

«Non la fa con il frullatore?» Natalina chiese mentre si sedeva.

«No...»

«Nemmeno io. Con il frullatore sente troppo di olio.» Si interruppe e la fissò. «Mette il sale alla fine?»

«No, all'inizio» Linda rispose perplessa. «È un piccolo trucco per evitare che la maionese impazzisca. E poi il sale si amalgama meglio.» *Guarda che questa signora non vuole una lezione di cucina.*

«Chi le ha insegnato tutte queste cose?»

«Ho due figli e sono stata sposata due volte» Linda rispose quasi brusca.

«Questo lo so. Ma non tutte le madri di famiglia sono buone a cucinare.»

«A me piace.»

«Non va a lavorare in ufficio?»

«Sì, però la mia famiglia mangia lo stesso.» Ancora brusca.

«Il piatto preferito di Matteo sono le orecchiette con le cime di rapa. Ma non devono essere surgelate, perché sennò diventano una pappa.»

«Io uso sempre la verdura fresca.» *Brava, sette più.*

Natalina fece un segno di approvazione. «Che cosa prepara per stasera?»

«Un cenone di magro: risotto di pesce, dentice con la maionese, insalata russa, verdure grigliate... Il dolce lo porta la mia amica Sara, perché a me le torte vengono sempre male. Non sono la mia specialità» spiegò con un mezzo sorriso.

Natalina indicò la bottiglia dell'olio. «Vedo che per la maionese usa quello di mais.»

«Dicono che sia il più leggero. Però, alla fine, aggiungo due cucchiai di olio di oliva. Resta più saporita.»

«I tuoi figli dove sono?» Era passata, sbrigativamente, al tu.

«La più grande è andata a vivere con suo padre.» *Accidenti non metterti a piangere*. Ricacciò le lacrime. «Il piccolo è uscito con Matteo.»

«Ho sentito che l'hai adottato.»

Linda sospirò. «Me l'hanno dato in affidamento quattro anni fa.»

«Che differenza fa?»

«Per la legge non è mio figlio e possono portarmelo via quando vogliono» semplificò.

«Sciocchezze. La legge è fatta per difendere le persone, mica per fare danni.»

«Così dovrebbe essere.»

Natalina si guardò intorno. «È bella, questa casa. È tenuta molto bene.»

Linda arrossì. «Non è sempre così. Io sono molto disordinata.»

«Matteo ti vuole molto bene» affermò, più che chiedere.

Linda la guardò negli occhi. «Ha otto anni meno di me.»

Natalina si strinse nelle spalle. «Quando lui avrà ottant'anni, aver vicino una donna di settantotto o ottantotto non farà molta differenza.»

Linda sorrise, stavolta col cuore. «Il problema è arrivarci, Natalina.»

«Eh, già. Ma questo chi lo può sapere? Il padre di Matteo se n'è andato a sessant'anni, mio marito è morto due ore dopo la cerimonia.»

«Non sapevo che lei si fosse sposata.»

Natalina fece un gesto come per dire che erano cose superate e senza interesse. «Domani devi mandare Matteo a casa» disse inaspettatamente.

Linda si irrigidì.

«Soltanto a pranzo, che cosa hai capito? Se Matteo non viene, sua madre e sua sorella pensano che gli hai fatto perdere la testa e che lo comandi a bacchetta come un bamboccio.»

«Matteo è molto testardo e non si fa comandare da nessuno!»

«A me lo dici? Però se lo prendi per il verso giusto gli puoi portare via l'anima. L'hai convinto anche a venire al battesimo, no? Sono sicura che ci riuscirai anche per il pranzo di Natale.»

«Non vuole aspettare che Matteo torni?»

«No, è troppo tardi. Sono uscita con la scusa di comperare il latte...» Fece una risatina maliziosa e si alzò.

«Le prometto che farò il possibile, Natalina. Ma temo proprio che lei sia venuta qui per niente.»

«*Per niente*? Quello che volevo vedere ho visto, e adesso mi sono fatta una mia idea» replicò sibillina.

«Devo dire a Matteo che lei è stata qui?»

«È meglio di no. Anzi, non glielo devi dire proprio.» La squadrò di nuovo. «Posso fidarmi di te?»

«Ha la mia parola, Natalina.»

«Un giorno forse ti chiederò di darmi del tu.»

Alle otto e mezzo Sara accese le candele e inserì nella presa la spina che dava corrente alla selva di piccoli fili verdi dietro l'albero di Natale. La stanza sfolgorò di colori e di luci e i fantasmi scapparono. Non vi furono amarezze né brutti ricordi, quella sera. Cenarono, chiacchierarono, risero, giocarono a tombola con Francesco, si scambiarono i doni. Fu una vigilia di Natale intima e piena d'amore. All'una Linda mise a letto il figlio e Matteo accompagnò a casa Sara.

Quando ritornò, le luci erano spente e la tregua era finita. Linda lo guardò negli occhi e cautamente, leggermente, disse: «Voglio che domani tu vada a pranzo da tua madre.»

La reazione di Matteo fu raggelante. «Sei pazza? Come ti è venuta un'idea simile?» Le girò le spalle e uscì dalla stanza.

Lei lo rincorse. «Lasciami parlare, ti prego.»

«Non c'è niente da dire» replicò in tono definitivo, la voce vibrante di collera e determinazione.

XVI

Sei gennaio. La tazza del caffè tra le dita e gli occhi fissi sul calendario, Linda pensò con sollievo che quello era l'ultimo giorno di vacanza. L'indomani la vita sarebbe ripresa normalmente ponendo fine all'obbligo di essere sereni, festosi e pieni di aspettative per l'anno nuovo.

«Dovresti cominciare a prendere in considerazione l'ipotesi che Carlotta desideri rimanere per sempre con suo padre» Sara le aveva detto la sera prima in un circospetto intrico di verbi al condizionale. Vedendo il suo sguardo, si era affrettata ad aggiungere: «Ti comporti come se tua figlia fosse stata rapita e ne aspettassi il ritorno tremando per la sua sorte. Carlotta è *con suo padre*, non in una grotta o sotto una tenda in balia di carcerieri senza scrupoli. Prima o poi si farà viva.»

«E io che cosa faccio, intanto?»

«Devi imparare a vivere senza di lei. Migliaia di figli di divorziati vanno a stare con il padre.»

«E come faccio?» aveva gridato.

«Accetta la tua sorte e smetti di sperare.»

Come sempre, Sara aveva ragione. Se sua figlia fosse stata rapita, lei avrebbe lanciato appelli, scalato montagne e lottato come una leonessa per riportarla a casa. Ma non poteva continuare a struggersi nella disperazione e nell'impotenza. Carlotta *non voleva* tornare a casa ed era una realtà contro cui era costretta ad arrendersi.

Ma l'otto gennaio, due giorni dopo, accadde qualcosa. Il telefono squillò alle sette e mezzo del mattino. La mamma di Matteo, Linda pensò alzando il ricevitore.

Era Antonio, il suo ex marito. «Devo vederti» disse asciutto, senza preamboli.

Un colpo al cuore. «Carlotta sta bene?»

«Benissimo.» Le parve di avvertire un che di sarcastico nel modo in cui lo disse, ma il sollievo era troppo grande per chiedersene la ragione.

«Devo vederti. Se possibile, stamattina stessa» Antonio incalzò.

«È successo qualcosa?»

Fu come il crollo di una diga. «*È successo* che hai fatto di tua figlia una ragazza impossibile e viziata! Mia moglie ha i nervi a pezzi e io ne ho pieni i coglioni di averla tra i piedi! Anche la pazienza di un padre ha dei limiti!»

«Rimandala a casa» Linda proruppe, combattuta tra la felicità e lo sdegno.

«È quello che intendo fare. Stamattina, subito.»

«Mi vesto e vengo a prenderla.»

«Eh, no, mia cara! Te la riporto di persona perché ci sono molte cose che debbo dirti prima che ti infili sul capo la corona della madre martire e santa e scaraventi me nell'inferno dei padri indegni.»

«È quello che sei!»

«Mentre il tuo amichetto ha un animo nobile» Antonio sibilò.

«Il mio *amichetto* non c'entra niente in questa...»

«C'entra eccome! Domandagli perché prima di Natale ha telefonato a tua figlia a *casa mia*, domandagli perché ha osato persino andarla a prendere a scuola. Al posto tuo aprirei gli occhi: Carlotta è una bella ragazza e certamente, per età, gli è più vicina di te.»

«Sei volgare e ignobile! Esseri come te dovrebbero...» Non fece in tempo a finire la frase perché Matteo le strappò il ricevitore dalle mani. Da quanto tempo stava ascoltando?

Corse via col volto in fiamme, tremante d'ira.

Matteo la raggiunse in cucina due minuti dopo. «Vado a riprendere Carlotta» annunciò col tono di quando non ammetteva repliche. Le fece una carezza sui capelli. «Adesso calmati. È finita.»

Quando Matteo uscì, telefonò alla mamma di un compagno di Francesco che abitava poco distante e le chiese se poteva farle il piacere di accompagnare lei il bambino all'asilo. Non c'erano problemi, la signora rispose gentilmente. Lei, altrettanto gentilmente ringraziò. Poi andò a prepararsi e si sedette in cucina aspettando il ritorno di Matteo con sua figlia. Ma quanto tempo ci metteva?

Erano ormai le undici quando sentì la porta aprirsi. Si alzò di scatto lanciandosi verso l'ingresso. Alla vista di Carlotta si fermò: aveva i capelli arruffati, il viso cosparso di brufoli e teneva gli occhi bassi. Mio Dio, che cosa ti hanno fatto? le chiese silenziosamente. Guardò angosciata Matteo, e Matteo le fece un segno come per dire "lasciala stare, è un brutto momento".

Le braccia le dolsero nello sforzo di impedire che si allungassero verso sua figlia.

«C'è un posto dove posso mettere la mia roba?» La voce di Carlotta, gutturale e inespressiva.

«C'è la tua stanza...» rispose esitante.

Matteo raccolse le due sacche dal pavimento e vi si diresse, facendo segno alla ragazza di seguirlo.

Li seguì anche Linda. Non era così che per sette mesi aveva sognato e sperato quel ritorno. D'un tratto le tende a fiorellini, il letto di legno laccato di azzurro con la testiera a forma di angioletto, il copriletto trapuntato con piccoli inserti in pizzo celeste e tutti gli oggetti che aveva amorosamente scelto per sua figlia le parvero ridicolmente leziosi.

Spiò ansiosamente il suo viso sperando di sbagliarsi, e vi scorse un sorriso quasi sinistro. «Sembra il paradiso» Carlotta commentò con quella strana voce gutturale. «È tutto per me?»

«Tuo fratello ha la sua stanza» replicò quieto Matteo.

Carlotta guardò alternativamente lui e sua madre. «Non ve l'hanno ancora portato via?»

«Vuoi fare male a noi o a te stessa?» Matteo le chiese a sua volta. Sempre quieto.

«Andate all'inferno...» Prese fiato. «So di essere un peso per voi, e sono venuta qui perché non ho altri posti dove andare. Non dovete recitare la parte dei genitori amorosi, e nemmeno aspettarvi qualcosa da me. Se mi ignorate, non vi accorgerete nemmeno della mia esistenza.»

«Come posso ignorarti?» Linda esclamò. «Sei mia figlia, e non ho fatto che aspettare questo momento!»

Matteo la prese per un braccio. «Forse tua figlia vuole stare un po' sola.»

«Bravo, vedo che almeno tu capisci qualcosa.»

Linda si lasciò portare via.

«È sconvolta» Matteo disse quando furono soli nella loro stanza. «Poco fa ha assistito a una scenata penosa. Suo padre, purtroppo, non le ha risparmiato nemmeno questo.»

«*Nemmeno*?» Linda sbarrò gli occhi.

«Credo che in questi mesi l'abbiano praticamente usata come bambinaia del fratellastro. Carlotta ha passato la vigilia e il capodanno da sola per badare a lui» spiegò a malincuore.

«E tu come lo sai?»

«L'ho capito dalle sue mezze parole quando l'ho vista.» Sospirò. «Non volevo che tu lo sapessi, ma in questi mesi ho fatto qualche tentativo per convincerla a ritornare con te.»

«E lei?»

«Carlotta è convinta che neppure tu la ami. È molto infelice, piena di rabbia...»

«Io, quell'uomo, lo denuncio! È suo padre, come ha potuto...» Un singhiozzo le spezzò la voce.

«Linda, il tuo ex marito è un poveraccio. In un certo senso non è colpa sua se ha una natura meschina e incapace d'amore. E dovresti conoscere la moglie... È una squallida come lui.»

La raccolse tra le braccia. «Fa' conto che Carlotta sia malata. Dobbiamo soltanto avere pazienza.»

«È un altro problema che ti butto addosso» Linda mormorò. Ma quel *dobbiamo* valse a darle un enorme conforto. Per la prima volta nella sua vita c'era un uomo accanto a lei.

Carlotta rifiutò di essere trasferita nella vecchia scuola, quella che aveva lasciato quando era andata a vivere con suo padre, e per qualche giorno rifiutò anche di tornare in classe.

Sara consigliò a Linda di assecondarla, spiegandole che probabilmente la ragazza si vergognava di spiegare ai vecchi compagni di scuola il motivo del suo ritorno. La dissuase dal prendere qualche giorno di ferie per stare vicina alla figlia: Carlotta aveva bisogno di riacquistare al più presto il senso della *normalità* e di toccare con mano che il suo ritorno non aveva rivoluzionato né turbato la quotidianità.

Linda la scongiurò di parlare con la figlia. Era una psicologa, e doveva pur conoscere il modo di rassicurarla e ascoltarla.

Sara replicò che proprio non era possibile. «Sono anche la tua migliore amica» spiegò «e questo mi rende ai suoi occhi infida e inaffidabile. Le sole parole che posso dirle sono quelle di una persona che la ama e si preoccupa per lei: ma solamente se è Carlotta ad avvicinarsi a me.»

«Dammi almeno il nome di qualche tuo collega! Mia figlia ha bisogno di aiuto e io non riesco a darglielo.»

«Tua figlia sta chiedendo proprio il *tuo aiuto*.»

«Ignorandomi? Rispondendomi con astio? Scostando suo fratello come se le facesse orrore? Andando a rinchiudersi nella sua stanza quando mi sente tornare a casa? Facendomi trovare il soggiorno e la cucina come un letamaio?»

«Ti sta mettendo alla prova per capire fino a che punto lei può spingersi e il tuo amore riesce a sopportare. Se la affidassi a uno psicologo, si sentirebbe scaricata... penserebbe che te ne freghi di lei.»

Matteo era d'accordo con Sara. E alla sera, quando restavano soli, la aiutava a riordinare e ripulire la casa. «Dimostriamo a tua figlia che il nostro amore e la nostra capacità di sopportazione non hanno limiti!» la consolava scherzosamente.

Linda era allo stesso tempo umiliata e stupita per la disponibilità e l'infinita pazienza con cui Matteo le stava vicino. Aveva sdrammatizzato persino l'improvviso degrado della loro vita sessuale: il terrore che Carlotta potesse sentirli aveva reso Linda un'amante deconcentrata e incapace di partecipazione. Fino a quando Matteo, comprensivo, aveva smesso di cercarla. Si addormentava tenendola silenziosamente stretta contro di sé. «Un periodo di castità rafforza la coppia» scherzava talvolta. «Stavamo diventando due incontinenti!»

Un giorno, durante l'intervallo della colazione, Matteo l'aveva portata in una stanza d'albergo e lì avevano ritrovato la mai sopita passione. Erano state tre ore di fuochi d'artificio, di tenerezza, di allegria. Quella sera, quando era tornata a casa, Carlotta l'aveva guardata in uno strano modo. E Linda si era accorta, imbarazzata, di non avere ancora smesso di sorridere.

Con il trascorrere dei giorni le sembrava di scorgere nei comportamenti della figlia qualche segnale incoraggiante: un accenno di sorriso, una parola buttata lì in tono normale, uno sguardo posato furtivamente su Francesco...

«Carlotta sta guarendo, mamma?» una sera il bambino le aveva chiesto. Lei e Matteo gli avevano spiegato che la sorella era stata ammalata e non doveva disturbarla né forzarla a parlare, né chiederle di giocare con lui.

Lo aveva stretto contro di sé: «Lo spero tanto, piccolino.»

Alla fine di febbraio accadde qualcosa che fece immediatamente passare in secondo piano il problema di Carlotta.

L'avvocato telefonò avvertendo che lei e Matteo erano stati convocati dal giudice minorile. L'incontro era stato fissato per il mercoledì successivo, alle dieci.

Quando quel giorno arrivò, Linda si sentiva prossima a un crollo nervoso. Era in bagno a prepararsi quando Carlotta si affacciò sulla porta. «Che cosa sta succedendo, mamma?» chiese con voce preoccupata.

Il nodo di paura e di angoscia che da giorni le stringeva il petto come le spire avvoltolate di un serpente salì alla gola e schizzò fuori con un fiotto acre di veleno. «Forse stamattina ci portano via Francesco!» urlò. «Ma a te che cosa importa? Per te Francesco non esiste! È un estraneo che ti togli dai piedi!»

Vide la figlia impallidire. Invece di placarsi, l'ira di Linda crebbe. «Se vuoi salutarlo, fallo subito! Quando torni da scuola potrebbe non essere più qui!»

Un singhiozzo lacerante raschiò la gola di Carlotta. Linda voltò le spalle alla figlia. Non me ne importa niente, non voglio consolarla, non voglio vederla, vorrei che fosse morta. *Signore, perdonami*, si disse inorridita. Si girò di scatto verso la figlia. Era immobile davanti alla porta, le spalle tremanti e le lacrime che le scendevano silenziosamente sul viso. Allargò le braccia, e Carlotta vi si slanciò. «Io ti voglio bene, mamma!» singhiozzò aggrappandosi alle sue spalle. «E voglio bene anche a Francesco... È colpa mia se ce lo tolgono!»

Linda la scrollò per le spalle. «Che cosa dici? Che colpa ne hai tu?» Se la strinse contro il petto cullandola come quando era bambina. «Ti voglio tanto bene anch'io... Non dare ascolto a quello che ho detto, ero fuori di me. Vedrai che il giudice non ce lo toglierà.»

«Se Francesco va via...»

«Da questa casa non va più via nessuno, Carlotta» la interruppe sforzandosi di tenere ferma la voce e implorando tra sé che fosse vero. Un miracolo era appena avvenuto, perché non sperare che il Signore ne facesse un altro?

Il giudice li accolse con una cortesia che Linda non ricordava. Era per il suo volto ansioso? Per la presenza protettiva e vigile di Matteo? Per l'autorevolezza dell'avvocato che presenziava all'incontro? Senza alcuna invadenza e in tono del tutto naturale il giudice si informò del suo legame con Matteo: da quanto tempo durava, quali erano i loro progetti, che rapporti il bambino aveva con lui.

Infine disse: «È stata trovata una zia di Francesco. È la sorella maggiore di sua madre.»

«Che cosa significa questo?» Linda chiese sporgendosi verso di lui.

Il giudice le fece cenno di lasciarlo proseguire. «La zia ha quarant'anni, è sposata e non ha figli. E ora vuole il nipotino.»

«Dov'era, e che cosa faceva, mentre il nipotino giaceva abbandonato in un istituto?»

«Linda, ascoltiamo» Matteo propose, prendendola per una mano.

Il giudice accennò un sorriso. «Diciamo che conduceva una vita non propriamente esemplare. Prima di dichiararla non idonea al ruolo di madre, occorre avere le prove che non si è, come dire... redenta.» Stavolta fu lui a protendersi verso Linda. «In teoria, l'esistenza di parenti disponibili a farsi carico del minore è un ostacolo all'adozione. Ma all'atto pratico, e in questo caso, può rivelarsi provvidenziale. Una volta provato che questi parenti non offrono garanzie di moralità e affidabilità, Francesco potrà essere dichiarato adottabile.»

Si rivolse all'avvocato. «Ho disposto che nel frattempo la situazione del piccolo rimanga immutata, e cioè che rimanga provvisoriamente affidato alla signora Parodi.»

«*Provvisoriamente*?» Linda si ribellò. «Che cosa vuol dire? Non le sembra che cinque anni vissuti col batticuore siano sufficienti?»

«Signora Parodi, solamente in considerazione dell'amore e delle cure che in questi anni ha prodigato al bambino lei ne è ancora la madre affidataria. E il tempo gioca a suo favore. Io mi riservo altri sei mesi per indagare sugli zii: se, come ho ragione di credere, si riveleranno non idonei, vaglierò con occhio di particolare riguardo la sua domanda di adozione. Sono certo che questi sei mesi mi consentiranno anche di raccogliere altri elementi a suo favore.»

«Quali elementi?»

«Una situazione famigliare positivamente consolidata e un parere rassicurante della psicologa e dell'assistente sociale sul rapporto tra il bambino e il suo compagno.»

«Io intendo sposare la signora Parodi» Matteo precisò.

«Mi sta dicendo che posso sperare?» Linda chiese al giudice con voce tremante, come se non avesse sentito.

«Credo di averle detto molto di più» il giudice disse alzandosi, con voce quasi burbera. E, rivolto all'avvocato. «Dovrei parlare con lei, può fermarsi?»

L'avvocato li raggiunse dieci minuti dopo. Posò una mano sul braccio di Linda con un gesto incoraggiante. «Signora, non ha capito? In pratica lei ha già vinto: nessuno le toglierà suo figlio.»

Matteo guardò l'orologio. «È mezzogiorno, andiamo a prendere Carlotta a scuola.»

XVII

Giovanni Loi aveva acquistato un vecchio cascinale tra Milano e Agrate e prima di iniziarne la ristrutturazione telefonò a Matteo invitandolo a cena con Linda per la sera dopo: aveva alcune perplessità sul progetto, spiegò, e voleva avere un loro parere. Aggiunse che sua moglie Anna desiderava rivederli, e quella sarebbe stata un'ottima occasione.

Matteo accettò immediatamente ma, quando lo disse a Linda, lei ebbe una reazione di rammarico. «Domani sera è impossibile, ho promesso a Carlotta di portarla al cinema e a mangiare una pizza.»

«Puoi rimandare di una sera!»

«Si può rimandare anche la cena dai Loi.»

«È una cena di lavoro molto importante. Loi è il nostro migliore cliente.»

«Mia figlia è più importante.»

«Questo è fuori di discussione, ma che cosa cambia se la porti fuori dopodomani?»

«Non voglio deluderla o farle pensare che il lavoro venga prima di lei.»

Matteo strinse le labbra. «Non puoi neanche farle pensare che la famiglia ruoti intorno a lei con il solo scopo di...»

«Telefona a Loi che andremo dopodomani. Se ti crea un problema, lo chiamo io stessa» Linda tagliò corto.

«Il problema è il tuo rapporto con Carlotta, e forse è arrivato il momento di affrontarlo. Da quando è tornata a casa è come se l'avessi messa su un altare: lei la Madonna, tu la pia serva prostrata in adorazione e preghiera.»

«Mia figlia ha bisogno di sentirsi amata e rassicurata, e

non puoi negare che le cose stanno andando molto meglio tra noi.»

«Linda, è da un mese che non usciamo per dimostrarle che non abbiamo altri interessi e non esistono serate migliori di quelle che passiamo in sua compagnia. Cucini soltanto quello che piace a lei, fai finta di nulla se prende un brutto voto a scuola, non osi chiederle di darti una mano o almeno di rifarsi il letto. E non bastasse...»

«Può bastare.» Linda lo interruppe secca. «Credevo che tu volessi bene a Carlotta.»

«Ti dico queste cose proprio perché le voglio bene. Continuando così, finirai per farne una ragazza egoista, viziata e senza spina dorsale. Lo dice anche Sara, e una volta tanto dovresti ascoltarla.»

«Sara non ha figli. E nemmeno tu.»

Matteo la guardò con ira. «Non ti sei accorta, grande mamma, che Francesco è molto turbato? L'altra sera mi ha detto che da quando è tornata Carlotta non gli vuoi più bene perché "lo sgridi sempre". Con qualcuno devi pure buttare fuori il tuo nervosismo! E io e Francesco siamo le tue valvole di sfogo!»

«A quanto pare, il mio destino è incontrare soltanto uomini meschini.» Linda disse a labbra strette.

Quella sera Linda andò a dormire nella poltrona letto dello studio e per due giorni non gli rivolse la parola se non in ufficio. Per la prima volta Matteo non le chiese scusa né fece alcun tentativo per riconciliarsi con lei: era furioso. Non fece alcun cenno alla cena in casa Loi. Nell'eventualità che se ne fosse dimenticata o volesse restarsene a casa per fargli dispetto, poco male: sarebbe andato da solo. Ma fu suo malgrado sollevato quando la sentì chiedere alla domestica se quella sera poteva andare a guardare i bambini. Al ritorno dall'ufficio Linda preparò la cena per loro e poi scomparve.

«Stai bene» a Matteo venne da dire quando fu pronta, i capelli rialzati sulle tempie, un filo di trucco e un tailleur di lino blu notte che non le aveva mai visto prima.

Linda non rispose. E durante il tragitto in macchina dalla loro casa a quella dei Loi, a San Siro, rimase con lo sguardo silenziosamente fisso sulla strada scoraggiando ogni tentativo di rompere il ghiaccio. «Spero che tu non voglia esibire questo umore per tutta la serata» le disse tra i denti mentre varcavano il cancello della villa.

Due minuti dopo, Matteo assisteva, esterrefatto, alla incredibile metamorfosi. Come Anna Loi venne loro incontro, il volto di Linda si aprì in un sorriso radioso. La donna l'abbracciò affettuosamente e poi salutò Matteo. «Venite, abbiamo invitato anche l'architetto e il nostro ingegnere con le mogli.»

Al loro arrivo gli uomini si alzarono e vi furono le presentazioni e i convenevoli di rito. Matteo non poté fare a meno di scorgere nello sguardo delle due mogli fisso su Linda un'ombra di ostilità e diffidenza, come se non le perdonassero di essere tanto bella. Ma non se ne preoccupò. Conosceva bene la sua semplicità e il suo calore umano ed era certo che quell'ombra si sarebbe rapidamente dissolta. Non sbagliava.

Con il procedere della cena l'orgogliosa certezza di Matteo si trasformò via via in stupore, incredulità e disagio. Erano le reazioni che sempre provava di fronte alle persone irresistibilmente e plebiscitariamente simpatiche come Linda. Guardandola sorridere con calore, ascoltare con attenzione, annuire con trasporto e parlare con spontaneità non poteva fare a meno di vedere in lei una specie di aliena: vi era qualcosa di eccezionale e persino di intimidatorio nella sua capacità di soggiogare la gente.

Lo faceva senza rendersene conto, irradiando una *naturale* simpatia. E lo sguardo delle signore, adesso, lasciava trasparire l'identica simpatia nei suoi confronti.

D'un tratto la moglie dell'ingegnere disse: «Lei è ancora giovane, Linda. Quando avrà quarant'anni come me capirà che...»

«Ma io ho trentanove anni, Giovanna!» la interruppe con voce ridente. Quella spontanea confessione non richiesta le valse una selva di "non è possibile!", "ne dimostra al massimo venticinque!" e portò le sue quotazioni alle stelle.

Matteo provò un oscuro senso di irritazione. Più tardi, quando la cena finì e Giovanni Loi andò a prendere il progetto di ristrutturazione del cascinale, apprezzò che Linda si sedesse accanto alle signore limitandosi ad ascoltare.

Aldo Frezzi, l'architetto, distese il grande foglio su un tavolo e illustrò gli interventi e le modifiche che aveva progettato. «È stata mantenuta la vecchia struttura del cascinale: un blocco centrale e due laterali affacciati sull'aia» indicò percorrendo il disegno con due dita. «Ciascuno dei tre blocchi conterà sei appartamenti di quattro locali più servizi disposti su duecento metri. La vecchia aia diventerà un'area condominiale piantumata e con la piscina, mentre il terreno alle spalle del complesso diventerà un grande parco con spazi attrezzati per bambini.»

Matteo si curvò a osservare il disegno. «Che prezzo prevedete di fare al metro quadro per gli appartamenti?» chiese.

Fu Loi a rispondere. «Circa quattro milioni.»

«Non è un po' caro?»

«Niente affatto» intervenne l'architetto. «A parte gli spazi attrezzati, gli appartamenti avranno rifiniture di gran lusso che hanno alti costi anche all'origine: vasche da bagno stile antico, in ferro smaltato e ghisa, coi piedini a zampa di leone. Camino nella stanza da letto padronale, cotto toscano per i pavimenti del soggiorno, piastrelle vecchia Vietri in cucina, porte in quercia...»

Giovanni Loi lo interruppe e guardò, alternativamente, Linda e Matteo. «Secondo voi saranno appartamenti facilmente commerciabili?»

Fu Matteo a rispondere. «Quattro milioni al metro quadro non sono pochi, però si tratta di un complesso residenziale signorile con strutture e rifiniture che lo qualificano come tale... Non dovrebbero esserci difficoltà per trovare degli acquirenti.»

«Lei è d'accordo, Linda?» chiese Loi.

Linda scosse la testa con aria assorta. «È la zona che mi lascia perplessa. Non credo che abitare tra Agrate e la tangenziale est sia uno status-symbol o il massimo della vita. Con otto-novecento milioni, il prezzo medio di questi appartamenti, si possono trovare ottime alternative nel centro della città...»

Matteo la incenerì con un'occhiata. «Ma noi parliamo di case di lusso *in campagna*!»

Intervenne Giovanni Loi: «Questo discorso mi interessa molto. Linda, può proseguire?».

Lei esitò. «Potrei sbagliare... La smania di andare a vivere in campagna è passata, adesso si riscoprono i centri storici e i vantaggi di vivere vicino ai negozi, alle palestre, alle scuole dei figli...» Guardò Loi e proseguì più decisa: «Non sto affatto dicendo che lei abbia fatto un cattivo affare acquistando questo cascinale o che il progetto sia sbagliato, tutt'altro. Però nell'ottica di chi deve vendere io vedrei una soluzione alternativa».

«E cioè?» Giovanni Loi sembrava vivamente interessato.

«Dimezzare i costi della ristrutturazione in modo da poter dimezzare anche i prezzi di vendita. La piscina condominiale si è rivelata nella prima casa più che altro una fonte di seccatura e di spese, il camino nella stanza da letto all'atto pratico non lo accende nessuno, il cotto toscano può essere sostituito con delle belle piastrelle rosse monocottura, le vasche in stile antico sono strette e scomode, le porte di quercia...»

Intervenne l'ingegnere dell'impresa. «Se si tolgono tutti questi *optional*, che vantaggio ha vivere fuori città?»

«Il vantaggio dei grandi spazi a prezzo contenuto. Anche se è finita la moda della campagna, sono ancora molte le famiglie che la scelgono per fare respirare aria migliore ai figli oppure perché i costi sono più accessibili.» Linda guardò l'architetto. «Io suddividerei il terreno alle spalle del cascinale in tanti lotti di zona verde privata. A ogni appartamento il suo: un bel pezzo di prato da recintare e piantumare a modo proprio è l'optional più irresistibile per chi desidera vivere fuori città.»

«Cara Linda» disse Giovanni Loi «non soltanto lei ha mostrato di condividere tutte le mie perplessità, ma ha dato dei suggerimenti pratici che ritengo eccellenti!»

Le signore gli fecero eco. «È vero, come madri di famiglia la vediamo allo stesso modo..,»

Linda le aveva stregate al punto da potersi concedere impunemente di fare la primadonna, Matteo pensò furioso.

«Mi hai fatto fare la figura dell'imbecille» le disse più tardi, mentre tornavano a casa.

«Avresti preferito ritrovarti tra un anno con ventiquattro appartamenti da vendere senza trovare un cliente? Il progetto era demenziale, e qualcuno doveva pur dirlo.»

«Naturalmente tu! La più geniale, la più irresistibile, la più...»

«Piantala» lo zittì.

Tre giorni dopo ripresero a parlarsi: Linda si ritrovò a chiedere qualcosa a Matteo e Matteo rispose. Ma per la seconda volta dopo una lite non vi furono spiegazioni né richiesta di scuse. Quella sera lei tornò nella loro stanza e fecero all'amore, ma prima di addormentarsi Matteo si spostò dalla sua parte senza cingerla alla vita o tenerle la mano.

Il mattino dopo, cercando una camicia, ne trovò una con un bottone mancante e un'altra con due grinze sul collo: le mise da parte senza dire nulla. Più tardi, in ufficio, aspettò pazientemente che Linda cercasse una pratica che non riusciva a trovare: si guardò bene dal fare qualsiasi accenno, anche scherzoso, al suo disordine. Due sere dopo, Carlotta ebbe un aspro battibecco con la madre e Linda, fuori di sé, andò a chiudersi in stanza dimenticando che dovevano andare al cinema. Matteo non glielo ricordò. Preparò qualcosa da mangiare per sé e i ragazzi e rimase a guardare la televisione fino all'una di notte.

Lui le parlava con circospezione, consapevole che una battuta, un rimprovero o un semplice commento erano simili a mine vaganti. Una deflagrazione sarebbe stata rovinosa. La loro stessa casa gli appariva un terreno a rischio: certe sere si trovava ad aggirare i giocattoli sparsi di Francesco, i posacenere colmi dimenticati sul tappeto, le scarpe lasciate qua e là proprio come se fossero mine pronte ad esplodere.

«Che cosa fa Cinzia in tutte le ore che passa in questa casa?» un sabato Linda sbottò.

Matteo si trattenne dal replicare che non esistono brave domestiche se non hanno una brava padrona di casa alle spalle.

Un pomeriggio di venerdì Linda lasciò l'ufficio alle quattro: doveva comperare delle canottiere di cotone per Francesco, cercare un libro che serviva a Carlotta per una ricerca e andare dal parrucchiere. Arrivò a casa affannata pochi minuti prima delle sette e la figlia le disse di non agitarsi perché Matteo non sarebbe venuto a cena. «Ha detto che ti spiegherà lui» riferì laconica.

Telefonò poco prima delle dieci, quando Francesco dormiva e Carlotta si era ritirata nella sua stanza. «Mia madre e Natalina hanno avuto un piccolo incidente e io adesso sono con loro all'ospedale. Niente di grave» aggiunse prevenendo le sue domande «tra un'ora al massimo sarò a casa.»

Le due donne erano state investite da un camioncino mentre attraversavano la strada. «È successo ieri mattina» raccontò Matteo più tardi. «Mia madre ha riportato un lieve trauma cranico e Natalina una doppia frattura al malleolo.»

«Come l'hai saputo?»

«Mi ha telefonato mia sorella in ufficio poco dopo che tu eri uscita. Lei ha il bambino piccolo e deve tornare d'urgenza a Roma, è per questo che mi ha avvertito pregandomi di occuparmi di loro.»

«Non hai bisogno di giustificarti, Matteo.»

«*Giustificarmi*?» la assalì.

Linda sospirò. «Volevo dire che, indipendentemente da tua sorella, è naturale e sacrosanto che in questo momento tu stia vicino a tua madre e a Natalina.»

«La tua benedizione è un conforto, grazie.»

«Matteo, che cosa ci sta succedendo?»

«Al diavolo se lo so. Di sicuro in questo momento è l'ultimo dei miei problemi.»

Quattro giorni dopo, nell'assentarsi dall'ufficio, per la prima volta Matteo diede a Linda una spiegazione. «Mia madre e Natalina escono dall'ospedale e vado a prenderle per riportarle a casa.»

Sara tornò provvidenzialmente da un congresso a Londra proprio quel giorno, e Linda si precipitò da lei aprendole il cuore. Finito il dettagliato racconto dei comportamenti di Matteo e del lento degrado del loro rapporto, le rivolse la domanda che ormai da tempo la assillava: «Che cosa ci sta succedendo?»

Sara sorrise. «L'amore vero è quello che resta dopo che l'incanto se n'è andato.»

«A me sembra di essere precipitata nell'inferno!»

«Linda, non si può vivere *sempre* al massimo prolungando all'infinito lo stato di grazia. Come tutte le coppie, state subendo i contraccolpi della quotidianità e della inevitabile crisi di assestamento.»

«Mi rifiuto di *assestarmi* su questi infimi livelli! Ti rendi conto che non siamo ancora sposati e già viviamo come una coppia che sta insieme da trent'anni?»

Quando tornò in ufficio, Erminia le riferì che Matteo l'aveva cercata: quella sera si sarebbe fermato a dormire a casa di sua madre. Prima di sera, comunque, l'avrebbe richiamata. A mezzanotte non l'aveva ancora fatto. Linda spense il televisore e andò a dormire.

XVIII

Tornare dopo tanti mesi nella casa in cui era nato e aveva vissuto per ventisette anni suscitò in Matteo una piacevole sensazione di familiarità e di pace. Le stanze ordinate, i bagni lindi, i pavimenti lustri, i tappeti senza un filo di polvere, quella penombra silenziosa... Aveva dimenticato quanto rilassante fosse vivere in una casa come quella e fu grato a sua madre per l'assenza di qualunque commento di fronte al suo evidente senso di benessere nel ritrovarsi lì.

Quando lo aveva visto arrivare in ospedale lo aveva abbracciato e ringraziato con naturalezza, come se si fossero lasciati il giorno prima. E nei giorni successivi non vi era stato alcun accenno a Linda o ai mesi durante i quali avevano interrotto ogni rapporto. Che glielo avesse suggerito Paola oppure l'istinto, Matteo comunque era grato a sua madre anche di questo.

Solamente Natalina, ricoverata nel reparto di ortopedia, nel vederlo avvicinarsi al suo letto aveva borbottato un "to', chi non muore si rivede!" E dopo averlo strizzato in uno dei suoi calorosi abbracci se n'era uscita con una strana domanda: «Linda sta bene?»

Al suo cenno di assenso, aveva aggiunto ancor più stranamente: «Quella ragazza mi piace, non è la solita sfaticata che pensa solo ai divertimenti e ai vestiti.»

Matteo si era limitato ad annuire in silenzio ancora una volta, convinto che la vecchia tata straparlasse perché ancora in stato confusionale.

Adesso, superato lo choc dell'incidente, il problema era convincerla a stare ferma e tranquilla. Nell'entrare in cucina per bere un bicchier d'acqua la trovò con la gamba ingessata distesa su una sedia mentre armeggiava con un trinciapollo. «Che cosa stai facendo?» gridò.

«Mi sto accorciando questo maledetto gesso. Non capisco perché deve arrivare fino al ginocchio se mi sono rotta solo la caviglia!»

Matteo le strappò di mano l'arnese. «Questo lo sa l'ortopedico! Se ti ha ingessata così, significa che così si doveva fare!»

«La gamba è mia, non dell'ortopedico. E lui non è qui a sentire quanto male mi fa il ginocchio. Lo vedi come è gonfio?»

«Se ti metti sdraiata e con qualche cuscino sotto ai piedi, vedrai che il gonfiore passa. E anche il male.»

«Se tu e l'ortopedico credete che me ne sto per sessanta giorni con le gambe per aria, sbagliate proprio.»

Matteo andò a nascondere il trinciapollo nella sua vecchia stanza e raggiunse la madre nel salone. Aveva appena finito di raccontarle quello che era accaduto, quando Natalina entrò con la disinvoltura di una acrobata da circo. Aveva ripiegato la gamba ingessata sul sedile di uno sgabello girevole e con la gamba sana lo spingeva in avanti.

A quel punto Matteo decise di andare in un negozio di articoli ortopedici per procurarle un carrello: almeno sarebbe stato meno traballante. Cercò l'indirizzo sulle pagine gialle, prese la macchina e vi si recò. Una commessa molto gentile gli spiegò che il modello più stretto e più corto era il migliore per spostarsi agevolmente in una abitazione: purtroppo doveva mandarlo a prendere in magazzino, perché al momento in negozio non ne era rimasto neppure uno. Poteva ritornare tra un'ora?

Matteo ne approfittò per fare due passi nelle strade attorno. Le sue giornate erano ormai diventate un frenetico andirivieni tra gli impegni dell'agenzia e quelli della famiglia. Dopo circa un anno di quella vita, aveva dimenticato anche il piacere di girovagare oziosamente senza doversi occupare o preoccupare delle solite emergenze che erano purtroppo diventate la quotidianità.

Amo Linda, pensò con forza, ma questi ritmi mi stanno soffocando. Non voglio perderla, però non posso nemmeno immaginare che tra dieci o vent'anni la mia vita sarà ancora questa. Se gliene avesse parlato, la sua risposta sarebbe stata: *ottimizziamola*! Si rifiutò di sorridere. La verità era che Linda anteponeva a tutto i suoi figli. Non che questo fosse una colpa. Lui addirittura ammirava il senso di responsabilità e la capacità di amore di cui dava prova. E glielo aveva dimostrato quando Carlotta se n'era andata, quando il giudice sembrava deciso a negare l'adozione di Francesco.

Ma quei momenti appartenevano al passato. L'emergenza era finita e Linda doveva imparare a conciliare le esigenze dei figli con quelle del proprio uomo. Mai una vacanza, mai un fine settimana per noi, mai un cinema o una cena decisi all'ultimo minuto. Ho smesso di giocare a tennis, di andare a sciare, di frequentare i miei amici. Perdio, ho trentun anni e non sessantuno, imprecò tra sé in un crescendo d'ira. Si obbligò a calmarsi. Linda era una donna intelligente e lo amava: doveva pur esserci un modo per farle capire il suo disagio senza che il discorso degenerasse nell'astiosità o nel mutismo. Ma non era quella la sera adatta per parlare. Era troppo agitato, troppo stanco.

Entrò in un bar a bere un caffè e guardò l'orologio: l'ora era passata e poteva tornare nel negozio a ritirare il carrello. La commessa lo aiutò a smontarlo e a sistemarlo nel bagagliaio della macchina. Prima di mettere in moto chiamò l'ufficio e fu quasi sollevato quando venne a rispondere Erminia e gli disse che Linda era fuori ufficio. «Le riferisca che stasera mi fermerò a dormire da mia madre e che la chiamerò più tardi.» Lo aveva deciso in quel preciso istante, pensò riattaccando e non sapeva spiegarsene la ragione. Sua madre ormai si era ripresa, Natalina era autosufficiente nonostante il gesso: non vi era alcun bisogno che dormisse da loro.

Stava rimontando il carrello sotto lo sguardo vigile di Natalina, quando Isabella suonò il citofono. L'imbarazzo di sua madre gli sembrò troppo istintivo per essere simulato. «Se ti secca vederla, chiuditi nella tua stanza e io trovo un pretesto per mandarla via al più presto.»

Per un istante Matteo fu tentato di farlo, ma subito avvertì l'assurdità di quel giocare a rimpiattino. «Non serve» rispose con una solennità lapidaria della quale colse subito il ridicolo: neanche stesse consegnando alla storia un "obbedisco" o "il dado è tratto"...

Il comportamento di Isabella fu impeccabile: né ostentatamente amichevole (lui si sarebbe infastidito) né allusivamente raggelante (i sensi di colpa lo avrebbero reso aggressivo e distante). Si limitò a salutarlo con cortesia e a rivolgergli qualche formale domanda tipo "come stai?" e "come va il lavoro?".

Gli apparve invece molto affettuosa con sua madre: era evidente che in quell'anno si erano frequentate e si era stabilita tra loro una calda intimità. Disperava che la stessa cosa sarebbe potuta accadere tra sua madre e Linda: dopo tanti mesi, la situazione di estraneità e rancore si era come istituzionalizzata.

Osservando suo malgrado, e non visto, Isabella, si rese conto che ogni donna, nell'ottica della futura suocera, avrebbe desiderato per il figlio una compagna come lei: giovane, rispettosa, bella, di gran classe. Detestava l'implacabilità di sua madre, ma doveva onestamente ammettere che al posto suo avrebbe reagito allo stesso modo vedendo il figlio legarsi a una donna più anziana, madre di due figli, con un turbolento vissuto alle spalle e un allarmante bagaglio di responsabilità nel presente. Sempre nell'ottica di una madre, Matteo continuò a riflettere, l'allegria di Linda, il suo entusiasmo, la fierezza e l'appassionato approccio con l'esistenza e con le persone erano soltanto strumenti di seduzione e di plagio di cui diffidare.

E in un certo senso ciò era vero: non era forse stato con quelle armi che Linda aveva causato il crollo di tutte le sue perplessità iniziali fino a farlo irrimediabilmente innamorare?

Isabella gli posò una mano sul braccio e Matteo si accorse solo in quel momento che erano rimasti soli. «Guarda che ti capisco» gli disse con voce quieta. «Per mesi ti ho detestato, ma alla fine mi sono dovuta arrendere all'evidenza: ti eri innamorato di un'altra donna e non potevi farci niente.»

«Potevo dirtelo» Matteo replicò di getto.

«Così mi ripetevo anch'io. Però ero sparita da tre mesi e questo poteva autorizzarti a ritenermi una "ex" che si era defilata per conto proprio.»

«In verità non pensavo a niente e a nessuno. Linda aveva monopolizzato tutti i miei pensieri e...» Matteo si interruppe, colpito da quell'*aveva* come da un boomerang. Perché si era espresso al passato parlando di Linda? Si era trattato di un lapsus oppure si stava inconsciamente comportando come il marito che cerca di rassicurare un'altra donna per portarsela a letto?

Isabella non sembrò accorgersi né del verbo né del suo disagio. «Come sta Linda?» chiese con naturalezza.

«Bene. Al di là del nostro rapporto, si è rivelata una collaboratrice preziosa e insostituibile» si affrettò a rispondere, quasi smanioso di compiere un atto di riparazione nei suoi confronti.

«Io invece con l'università sono un disastro» Isabella rise. «Non riesco a superare lo scritto del penultimo esame e ne ho rimandati due al prossimo appello.»

«Mi sembra incredibile» rise anche Matteo. «Che cosa ti è successo?»

«Sono stata fuorviata da uno studente di ingegneria, patito di discoteche e musica rock, che allo studio preferisce la musica. Due settimane fa l'ho lasciato per legittima difesa!»

«Era una cosa seria?»

«Di serio c'è stato il mio sbandamento morale: tra musiche e danze, cominciavo a chiedermi se non avessi sbagliato tutto nella vita. Ma credo di aver già ritrovato la retta via.»

Il loro discorso fu interrotto dalla madre di Matteo. «Il carrello funziona benissimo, entra anche dalla porta del bagno piccolo» annunciò tornando in soggiorno. Si rivolse a Isabella. «Ti inviterei volentieri a cena, ma c'è il frigorifero vuoto.»

«Avrei dovuto pensarci, mamma...» Matteo disse rammaricato. «Posso fare un salto al minimarket all'angolo.»

Fece per alzarsi, ma la madre lo trattenne. «Sono quasi le otto, e ormai è chiuso. Natalina sta preparando una minestra di dado e una frittata, ma non credo che...»

«Tornerò un'altra sera» Isabella disse sollevandosi dal divano. Si rivolse a Matteo: «Vai a casa anche tu?».

«No... Per stasera mi fermo a dormire qui, mi sento più tranquillo.»

Sua madre non diede alcun segno di sorpresa. «Benissimo, però resta il problema della cena: perché non vai a mangiare un boccone con Isabella e poi torni?» propose.

Era una soluzione ragionevole e ovvia, e la reazione di fastidio di Matteo svanì sul nascere. «Se Isabella è d'accordo, per me sta bene.»

Neppure il timore che lei lo portasse in uno dei loro vecchi ristoranti, per una maliziosa e nostalgica rimpatriata, fece in tempo a prendere corpo. Non appena furono in macchina, infatti, lei gli disse di essere molto stanca e di voler andare a letto presto. «Poco distante da qui hanno aperto un locale dove servono pizze ottime e al volo: io andrei lì» propose.

Matteo replicò con calore che andava benissimo. Erano soltanto le otto, e l'affollamento delle ore di punta non era ancora cominciato. Il cameriere li guidò verso un tavolino all'aperto, sotto un pergolato di vite americana dal quale pendevano dei graziosi lampioncini in paglia di riso. Scelsero due pizze con verdure grigliate, dadini di pomodoro e scaglie di pecorino fresco, la specialità della casa, e nell'attesa Matteo ordinò una bottiglia di vino bianco frizzante.

«All'amico ritrovato» Isabella disse sollevando il bicchiere.

«All'amica bella e gentile che mi ha perdonato» fece eco Matteo. Quando arrivarono le pizze, si sentiva rilassato e a suo agio e anche Isabella sembrava aver dimenticato la sua stanchezza. Chiacchierarono proprio come due vecchi amici. Perché non mi sono innamorato di lei?, Matteo si chiese a un tratto. Ma conosceva bene la risposta: perché Isabella non era Linda. Linda era unica, nessuna donna poteva assomigliare a lei.

Rientrò a casa alle undici, e sua madre non gli fece domande. Stava andando a letto, e si limitò a dirgli che aveva messo il pigiama sul letto e che nel bagno avrebbe trovato gli asciugamani puliti. Matteo accese il televisore e lo sintonizzò sul film da poco iniziato su Retequattro, ma si trattava di un thrilling dell'orrore e non era proprio il suo genere. Vado a letto anch'io, decise. Quella sera non avrebbe apprezzato neppure la finalissima dei mondiali di calcio con l'Italia in campo per conquistare la coppa. Spense il televisore, si preparò per la notte e si infilò sotto le fresche lenzuola di lino. Gli faceva uno strano effetto (di piacevole libertà o di amara solitudine?) potersi allungare e mettersi di traverso in un letto tutto per sé, senza dover fingere di prendere sonno dopo aver guardato Linda che fingeva di essersi già addormentata.

D'un tratto ricordò, con un sobbalzo, che aveva promesso di chiamarla a casa. Ormai era troppo tardi, c'era il rischio di svegliare Francesco o Carlotta. E inoltre, che cosa avrebbe potuto dirle? Mi sono fermato da mia madre perché avevo bisogno di respirare? Perché non sopporto di sentirmi in colpa ogni volta che ti guardo? Perché volevo provare per una notte se sto davvero male senza sentirti accanto? Perché sono stanco di chiedermi che cosa ci sta succedendo e avevo bisogno di una piccola tregua?

Ormai la loro storia era entrata nel vicolo cieco della paura. Ci chiediamo soltanto le poche cose di cui prevediamo una rassicurante risposta, pensò amaramente, e giriamo alla larga da tutto quello che dovremmo chiarire. Io sono impaurito dallo spavento che scorgo nella voce e nei silenzi di Linda, e probabilmente la stessa cosa succede anche a lei. E non capisco se questo spavento sta uccidendo il nostro amore oppure lo sta tenendo artificiosamente in vita.

Ebbe un moto di ribellione: io voglio Linda, so che non potrei più vivere senza di lei, la sola cosa certa è l'amore che ho per lei.

Il problema era che queste certezze gli provenivano dalla testa. *Sapeva* di amarla e *capiva* di volerla, ma gli mancava la sicurezza delle emozioni. Una volta tanto, la ragione aveva le sue ragioni che il cuore non riusciva a sentire. Se soltanto avesse osato dirlo a Linda (o lei a lui), sarebbe stata la fine: il terrore di perdersi era tale che lasciarsi poteva apparire, addirittura, una liberazione.

Al mattino si alzò alle otto, fece una doccia, indossò la camicia e l'abito che Natalina aveva ripulito e stirato in gran fretta, andò in cucina a fare colazione con sua madre e infine si diresse all'agenzia.

Linda era già arrivata e si alzò dalla sua scrivania prima che lui facesse in tempo ad avvicinarsi per salutarla. Gli tese una raccomandata: «Giovanni Loi ci dà ufficialmente il mandato di vendita in esclusiva per gli appartamenti del suo cascinale. Le nostre percentuali sono le solite, aspetta solo un fax di conferma...» Si arrestò un istante e subito aggiunse: «Scusa, non ti ho chiesto come stanno tua madre e Natalina».

«Molto bene. Certo, stanotte erano un po' agitate e ho dovuto correre da una stanza all'altra» mentì.

«È una mattina tranquilla, puoi tornare da loro e approfittarne per riposare un po'.»

«Adesso non hanno bisogno di nulla. E se volessi riposare, andrei a casa nostra» sottolineò in tono affettuosamente allusivo, sperando che lei lo afferrasse.

«Dubito che ci riusciresti: Francesco ha la febbre e Carlotta non è andata a scuola perché non si era preparata per l'interrogazione.»

«Hai chiamato il pediatra?»

«Gli ho telefonato e mi ha detto di stare tranquilla. Pare che la metà dei bambini milanesi in questi giorni abbia l'influenza.»

«Ti serve qualcosa in farmacia?»

«Niente, grazie. Vuoi che ti faccia un caffè alla macchinctta?»

«L'ho appena preso da mia madre, grazie.»

«Allora torno a finire il mio lavoro.»

«Ti amo, Linda» disse trattenendola per un braccio.

«Splendido.»

«Ieri sera non ti ho chiamato perché...»

«Perché sei uno stronzo.» Era difficile capire, dal tono in cui lo disse, se si trattava di una battuta scherzosa oppure se aveva parlato sul serio.

XIX

Nei giorni che seguirono, Matteo si mostrò desideroso di farsi perdonare i malumori, i silenzi e gli scatti degli ultimi tempi. Aiutava Carlotta a fare i temi, giocava a pallone con Francesco, dava una mano a Linda nelle faccende di casa, apparecchiava e sparecchiava la tavola, alla domenica li portava in campagna o sui laghi a fare una gita.

«Vuoi concorrere al titolo di maschio ideale?» una sera scherzò Linda. In realtà assisteva a quello spettacolo di perfezione con lo stesso disagio di quando, bambina, la portavano al circo e vedeva i nani esibirsi in allegre capriole o le tigri slanciarsi attraverso cerchi di fuoco. Non poteva non ammirare lo spettacolo, però ne avvertiva la sotterranea violenza. Non era *naturale* che i nani fossero felici, le tigri scattassero allo schioccar di frusta del domatore e Matteo fosse soddisfatto della loro vita come voleva far credere.

«Sembriamo una coppia di sessantenni uniti dall'abitudine e dai ricordi» Linda ripeteva a Sara. «E i nostri rapporti sessuali rispondono esattamente alla definizione di debito coniugale!»

I primi di agosto l'agenzia chiuse e andarono tutti insieme in vacanza ad Antibes, nello stesso albergo in cui Linda e Matteo avevano vissuto la loro prima notte d'amore. Casualmente, furono alloggiati anche nella stessa stanza: la notte, quando si abbracciavano, lei si irrigidiva paralizzata da una insopportabile sensazione di tristezza. Erano diventati due replicanti della passione.

Solamente la vicinanza di Giovanni e Anna Loi e del loro gruppo di amici rese sopportabili quelle tre settimane sulla Costa Azzurra. I loro nipotini giocavano con Francesco, andavano spesso in barca, Carlotta aveva fatto amicizia con alcune ragazze e ragazzi della sua età. Alla sera cenavano quasi sempre nella villa dei Loi, trattenendosi poi a chiacchierare nel patio, oppure andavano insieme nei caratteristici ristorantini dell'entroterra o della costa.

Tutti li trattavano dando per scontato che lei, Matteo e i ragazzi costituissero una famiglia. Questo era valso a mettere a proprio agio Linda, almeno quando si trovavano in compagnia. Talvolta si stupiva che Anna Loi, nonostante il rapporto di confidenza e di amicizia nato tra loro, non le avesse mai fatto alcuna domanda sulla sua vita privata. Ma due giorni prima del rientro a Milano avvenne qualcosa che la umiliò profondamente e che, come avrebbe capito in seguito, fu la prima falla di un argine destinato a squarciarsi e a travolgerli con una rovinosa piena.

Alla fine delle vacanze, i coniugi Loi avevano organizzato una grande cena all'aperto per tutti gli amici. Alle sette, mentre si stava preparando, Linda ebbe uno scontro con Carlotta che a tutti i costi pretendeva di andare ad aspettare con gli amici il sorgere del sole sulla spiaggia anziché rientrare in albergo al termine della serata in discoteca.

Dieci minuti dopo, il portiere telefonò per avvertire che al posto di Gisèle, la solita baby-sitter, sarebbe arrivata un'altra ragazza: Francesco pestò i piedi e strillò che non la voleva. Quando finalmente Matteo riuscì a calmarlo e cominciò a sua volta a prepararsi, si accorse di non avere una camicia pulita da mettere. Linda si giustificò incolpando la lavanderia dell'albergo che non le aveva ancora restituite.

Matteo, furioso, telefonò al portiere e apprese che il pacco della roba sporca era stato consegnato soltanto alle undici di quel mattino. Evitò di rimproverare a Linda la solita disorganizzazione e sciatteria, come stava per fare, e mise una camiciola con le maniche corte.

Quando arrivarono dai Loi, innervositi e silenziosi, Matteo raggiunse Giovanni sotto il tendone che era stato innalzato nel prato e Linda si fermò nel soggiorno con Anna e una coppia di mezza età che non aveva mai visto prima. Apprese che erano amici milanesi invitati a trascorrere ad Antibes quell'ultimo week end di ferie. Poco dopo conobbe anche la loro figlia, una ragazza sui venticinque anni che le parve molto graziosa e molto riservata.

Al momento di prendere posto a tavola, sua madre le indicò allegramente la sedia accanto a Matteo: «È l'unico giovanotto della compagnia, tanto vale che vi mettiate vicini!».

Linda vide la ragazza arrossire e Anna, imbarazzata, sul punto di dire qualcosa. Ma Matteo non gliene diede il tempo: spostò prontamente la sedia e rivolse un gentile sorriso alla ragazza.

Seduta accanto a Giovanni Loi, Linda si impose di ignorarli. Ma sul finire della cena si levò, d'un tratto, la voce della madre pronuba. Rivolta a Matteo, gli chiese spudoratamente: «Lei non è sposato, vero?».

A Linda parve ridicolmente che tutti trattenessero il fiato aspettando la risposta. Lanciò un'occhiata a Matteo e si accorse che anche lui la stava guardando. Che cosa aspetti a rispondere?, lo sfidò silenziosamente. Dopo qualche istante che le parve un tempo interminabile, lui abbozzò un risolino. «Sì e no...» Una scappatoia patetica e penosa.

Linda avvertì l'imbarazzo dei Loi e di quelli che da tre settimane erano diventati anche i loro amici. Li guardò come se stesse partendo per un lunghissimo viaggio, con rassegnazione e distacco. Poi spostò gli occhi su Matteo. «Tutti sanno che non sei sposato, caro. Ma credo che dopo tante esperienze e avventure tu sia pronto per il matrimonio con la ragazza giusta.»

Rientrarono in albergo nel silenzio raggelante e ostile di chi cerca le parole adatte per cominciare una lite e non riesce a trovarle. Linda andò a svestirsi e a togliersi il trucco e Matteo, nell'attesa che liberasse il bagno, si affacciò al balcone. Quando andò a letto, vide che aveva gli occhi chiusi. Chiaramente fingeva di dormire, e forse era meglio così: una discussione in quel momento li avrebbe portati a dirsi cose irreparabili. Spense la luce e si voltò su un fianco. Abbiamo rovinato la cena dei Loi e raggelato tutti i presenti, pensò.

Non sapeva se essere più furioso con se stesso o con Linda: lui si era comportato come un Giuda balbettante, lei aveva avuto una reazione spropositata.

Al mattino, quando si svegliò, Linda non era nella stanza. Attraverso la parete divisoria, sentì la sua voce alterata mentre litigava con Carlotta nella camera dei ragazzi, e avvertì qualcosa di molto vicino a una crisi di rigetto. Non abbiamo più intimità, quiete, libertà né tregua, pensò. Per forza ci sono saltati i nervi, per forza il nostro rapporto è in crisi.

Linda spalancò la porta col volto arrossato dall'ira. «Prepariamo i bagagli, si parte *subito*» annunciò in tono di comando.

«Che cosa è successo?»

«Carlotta» sibilò. Non aveva bisogno di spiegare, bastava il nome della figlia per sottintendere arrabbiature e problemi.

«Eravamo d'accordo con i Loi di passare l'ultima giornata in barca con loro» Matteo obiettò cercando di restare calmo.

«Non credo davvero che sentiranno la nostra mancanza.»

«Soprattutto se ci comporteremo da cafoni andandocene senza...»

«Ieri sera abbiamo dato il massimo, di più non si può.»

«Parla per te, Linda. Sei stata *tu* a raggelare tutti con il tuo sarcasmo da quattro soldi.»

«Il tuo vile *sì e no* non ha certamente scatenato gli applausi.»

«È stata una battuta infelice, lo ammetto. Ma se tu avessi abbozzato, la cosa sarebbe finita lì. E invece no. Il tuo Ego ipertrofico ha preteso il massacro.»

«Così si chiamano la dignità e la buona creanza? Non hai pensato alla mia umiliazione e all'imbarazzo di quelli che ci consideravano marito e moglie?»

«Non urlare, Linda.»

«Vaffanculo.»

«Vado ad avvertire i Loi che partiamo.»

Durante il viaggio di ritorno nessuno disse una parola.

Quel silenzio da carro funebre fu interrotto solamente dalle richieste e dai capricci di Francesco: ho sete, ho fame, mi viene da vomitare, mi scappa la pipì, quando siamo arrivati?

Da Antibes a Genova fecero sei soste all'autogrill. Matteo, a richiesta di Linda, fermava e rimaneva ad aspettare in macchina.

«Potresti risparmiarmi quella nobile espressione da martire» Linda sbottò mentre ripartivano dall'area di Busalla.

Matteo si impose di non rispondere. A Tortona, Francesco si addormentò e poterono fare tutta una tirata fino a Milano.

Dopo aver aiutato a scaricare e a portare in casa i bagagli (Carlotta salì nell'ascensore senza neppure prendere la sua sacca) Matteo andò in studio a fare una telefonata e vi rimase per circa mezz'ora. Quando tornò, le valigie erano aperte e il soggiorno disseminato di indumenti, scarpe, giornali appallottolati.

«Faccio un salto da mia madre» annunciò.

«Un salto con cena e pernottamento, oppure senza?»

Matteo uscì sbattendo la porta, senza rispondere.

Carlotta si curvò su una valigia e prese i suoi CD.

«Siamo arrivati alla frutta, eh, mamma?» disse sarcastica.

Fece per dirigersi verso la sua stanza, ma Linda le volò addosso. «Tu adesso stai qui e mi aiuti a disfare le valigie e a fare ordine.»

«Non puoi prendertela con me se anche il terzo uomo ti sta mollando» si rivoltò con cattiveria.

«Sparisci! Subito!»

«Deciditi: devo sparire o restare?»

Linda le mollò uno schiaffo.

Due giorni dopo, la psicologa incaricata dal Tribunale, telefonò a Linda in ufficio preannunciandole una visita. «Prima di consegnare la mia relazione, vorrei fare due chiacchiere con Francesco. E anche con lei e il signor Morelli» aggiunse gentilmente.

«C'è qualche problema nuovo?» le chiese preoccupata.

«Direi proprio di no. Debbo solo verificare, per scrupolo, che quanto sto per scrivere risponda al vero.»

«Siamo appena tornati dalle vacanze. Il bambino sta splendidamente.»

«Non ho alcun dubbio!»

Linda, tranquillizzata, le fissò un appuntamento per l'indomani pomeriggio alle cinque. Andò a comunicarlo a Matteo, e Matteo disse che andava benissimo, sicuramente per quell'ora sarebbe stato a casa anche lui.

All'indomani Linda lasciò l'ufficio alle tre: voleva controllare che la casa fosse in ordine e andare a prendere Francesco all'asilo mezz'ora prima per potergli fare il bagno e rivestirlo con cura.

«Sembri quei padroni che strigliano il cane prima di portarlo a una mostra canina!» Matteo rise quando lei andò a salutarlo e a raccomandargli di non scordare l'appuntamento con la psicologa.

«A quanto mi risulta, tu non hai mai avuto né cani né figli» Linda replicò asciutta.

«Ti giuro che volevo soltanto scherzare!» Matteo protestò con sincero rammarico.

«Ti sembra il momento?»

Non è mai il momento, le rispose tra sé. Si limitò a un cenno di assenso e le assicurò che per le cinque in punto sarebbe stato a casa.

E si aprì la seconda falla. Alle sei e quarantacinque non era ancora arrivato e la psicologa cominciava a dare occhiate impazienti all'orologio. Avevano parlato di scuola, di arredamento, di vacanze, di politica, di adozioni, di valori: un amichevole alternarsi di argomenti frivoli e seri durante il quale la psicologa (cosa che a Linda non era affatto sfuggita) non aveva perso d'occhio Francesco che andava e veniva dal soggiorno, riuscendo persino a rivolgergli parecchie domande.

Alle sette la psicologa si alzò. «Mi sarebbe piaciuto fare due chiacchiere anche con il suo compagno, Linda, ma certamente avremo un'altra occasione.»

«Dispiace anche a me. Davvero non capisco come...»

«Il matrimonio rientra sempre nei vostri progetti?» buttò lì con naturalezza.

Il suono del campanello tolse Linda dall'imbarazzo. «Forse è Matteo» disse correndo verso la porta.

Era lui. Si scusò con la psicologa, prese in braccio Francesco che lo aveva seguito in soggiorno, circondò amorevolmente una spalla di Linda, esibì il più affascinante dei suoi sorrisi scusandosi per la seconda volta.

E la psicologa, affascinata, ricambiò il sorriso. «Poco fa stavo chiedendo a Linda se intendete sposarvi.»

Linda domandò brusca: «Per il giudice minorile cambierebbe qualcosa?»

La donna la guardò perplessa. «In teoria no, non dovrebbe.»

Linda fece cenno a Matteo di portare fuori il bambino. «Non voglio che Francesco assista a questi discorsi» spiegò quando rimasero sole. «Che cosa diceva?»

«La domanda di adozione è stata presentata da lei e, in teoria è lei il punto di riferimento del giudice. All'atto pratico, però, tutto sarebbe più semplice se al momento della convocazione lei risultasse sposata. La sua convivenza con il signor Morelli sembra ormai stabile e dura da oltre un anno, se non sbaglio.»

«Quindici mesi.» La voce di Matteo. Linda non si era accorta che si fosse affrettato a tornare.

«Ancora meglio. Un tempo così lungo fa supporre che il vostro rapporto sia serio, e non un capriccio o una passione passeggera!»

Solo Linda non rise. «Vorrei che l'adozione di Francesco fosse decisa indipendentemente da questo rapporto. Lei stessa ha detto che il punto di riferimento per il giudice sono io.»

«Sì, certo. Tuttavia...»

«Qualunque sia la natura o il futuro del mio rapporto, il legame che ho con mio figlio non c'entra» Linda sottolineò. «E non credo che io sia costretta a sposarmi in gran fretta per dimostrarne la profondità.»

«Lei che cosa dice al proposito?» la psicologa chiese a Matteo.

Matteo fece uno scherzoso gesto d'impotenza. «Che cosa posso dire? Prendo atto e mi adeguo, come generalmente facciamo tutti noi uomini di fronte a voi donne!»

«Siamo davvero una coppia perfetta» disse Linda. Soltanto Matteo scorse nell'allegra battuta la nota della dissacrazione e del sarcasmo.

Accompagnarono la donna all'ascensore e Linda andò subito in cucina a preparare la cena. Non gli chiese una spiegazione del ritardo, non lo aggredì per il suo vile ritrarsi di fronte all'argomento del matrimonio, non si complimentò beffardamente per la sua recita di maschio perfetto. A Matteo parve di ritornare bambino, quando aveva compiuto qualche marachella ed era combattuto tra il sollievo di averla fatta franca e la smania di essere scoperto e castigato. Si sentiva, come allora, confuso e lacerato dai sensi di colpa.

La falla si allargò paurosamente ai primi di settembre, dopo una serie di litigi originati da motivi banali e futili come le troppe uscite di Carlotta, i giocattoli di Francesco sparsi ovunque, il conto dell'idraulico saldato senza controllare che le riparazioni fossero state eseguite a dovere, un importabile vestito acquistato solamente perché era in saldo...

Erano litigi meschini che non chiarivano nulla e servivano soltanto a scaricare il loro nervosismo e a far degradare il loro rapporto.

Una mattina Matteo fece una osservazione a Carlotta e la ragazza gli si rivoltò astiosamente contro urlando che non ne poteva più di lui: che cosa aspettava a togliersi dai piedi?

«Questa è anche casa mia: se non ci stai bene, puoi andartene tu» Matteo ribatté tagliente.

Alle quattro del pomeriggio Cinzia telefonò preoccupata a Linda: Carlotta non era ancora tornata a casa, e quel giorno avrebbe dovuto uscire da scuola all'una.

Linda telefonò a tutte le compagne della figlia, ma seppe soltanto che sì, era andata a scuola, e all'una era uscita regolarmente. No, non l'avevano vista salire su un motorino o su un'automobile con uno sconosciuto. Sì, ne erano proprio certe.

Alle otto di sera, quando Linda era ormai in preda al panico e decisa ad andare a denunciare la scomparsa della figlia, Sara telefonò per avvertirla che Carlotta era da lei.

«È appena arrivata e non sa che ti sto telefonando» disse a bassa voce. «Stanotte la tengo a dormire da me, mettiti tranquilla e domattina ci risentiamo.»

Il sollievo fu tale che a Linda sembrò di doverne morire. La paura, che si era irradiata in ogni fibra del suo corpo, si ritrasse lentamente e lei si sentì come svuotare di energia e di sangue. Matteo, che in quelle ore le era rimasto accanto in silenzio, il volto atteggiato a una espressione impotente e colpevole, la afferrò per le ascelle e la sostenne.

Linda si divincolò come una furia. « Ti detesto! È finita!» gridò con tutta la forza che aveva, di colpo, ritrovata.

Matteo la fissò per qualche istante, terreo. Poi le girò le spalle e uscì di casa. *Basta*, si disse chiudendo la porta alle sue spalle. Non si era mai sentito tanto infelice in vita sua. *Basta*, si ripeté mentre apriva la portiera della macchina. Non ce la faccio più, non ha funzionato, devo arrendermi. Le lacrime gli riempirono gli occhi. Che cosa ci è successo? Perché abbiamo perduto?

XX

Quella notte Matteo andò a dormire in un albergo, e solamente quando fu nella stanza si rese conto di non avere con sé né pigiama, né rasoio, né biancheria di ricambio. Alla sofferenza si aggiunse un senso di squallore che lo fece sentire quasi un miserabile. Allungato nel letto in slip e canottiera, le dita incrociate dietro la testa, rimase a fissare il soffitto come se fosse lo schermo del suo fallimento. Con Linda era finita, e il vero dolore era la consapevolezza che per nulla al mondo avrebbe voluto ricominciare. Troppo faticoso, troppo amaro, troppo umiliante: in quelle ultime settimane si era sentito una nullità.

Vorrei che domattina, svegliandomi, fosse passato un anno, pensò, e che non esistessero più discorsi da fare, cose da dividere, problemi pratici da risolvere. Invece era quanto lo aspettava. Quindici mesi di convivenza avevano creato un intrico di legami e interessi comuni che esigevano una civile risoluzione: era impensabile che lui potesse sparire o considerare quella notte in albergo una definitiva uscita di scena.

Domattina telefonerò a Linda: prima ci chiariremo, prima potremo riprendere le nostre vite, decise. La sola speranza era che riuscissero a farlo in modo civile.

All'indomani, appena sveglio, allungò la mano verso il telefono e la chiamò. Fu dopo il primo squillo che guardò l'orologio e si accorse che non erano ancora le sei.

Linda rispose dopo il secondo squillo, mentre stava per riattaccare. «Mi dispiace per ieri sera, avevo perso la testa» gli disse subito con voce umile e gentile.

Matteo si era preparato a un ennesimo (l'ultimo!) soprassalto di furia, e la sorpresa fu tale che per qualche istante non riuscì a dire nulla. Ma il sollievo lasciò rapidamente il posto al timore che Linda fraintendesse il motivo della sua telefonata scambiandola per un atto di contrizione. «Prima di lasciarci, è necessario che ci incontriamo» chiarì quasi brutalmente.

«È quello che volevo dirti anch'io» Linda convenne quietamente. «Abbiamo parecchie cose da discutere e sistemare, e credo che a questo punto sia meglio per entrambi farlo al più presto. Questa è casa tua, Matteo, e non è giusto...»

«Puoi restarci, per me non è un problema.»

«Ti ringrazio, ma lo sarebbe per me: questa casa non mi è mai piaciuta» confessò senza alcuna intonazione polemica. «Quello che intendevo dire è che possiamo amichevolmente conviverci per un paio di settimane, mentre organizziamo il trasloco e sistemiamo le nostre cose. Mi sembra assurdo che tu debba andartene via come un ladro o...»

«In effetti mi trovo in un albergo e non ho nemmeno la biancheria di ricambio» Matteo la interruppe, subito vergognandosi per la pochezza di quella frase. Il fatto era che si sentiva spiazzato e a disagio.

«Sei fortunato: stanotte non riuscivo a dormire e ho stirato tutte le tue camicie.»

«Linda, mi dispiace che non abbia funzionato» disse di getto. Era un'altra frase inopportuna, ma all'improvviso gli era venuto il terrore di ritrovarsi in trappola.

«Non ha funzionato e basta.» L'impercettibile nota di allegria era sparita. «Chiedendocene la ragione, o solamente parlandone, non faremmo che torturarci inutilmente. Oppure dirci cose spaventose. Io sono stanca, Matteo.»

«Anch'io.»

«Bene. Chiarito questo, ti aspetto.»

Alla fine della telefonata Matteo si fece portare in stanza un caffè e il *Corriere* e si decise a uscire dopo che ebbe letto anche le pagine dello sport. Erano ormai le nove.

Aprì con le sue chiavi. Linda era seduta in cucina, penna in mano ed estratti conto e matrici di assegni sparsi sul tavolo. Nel vederlo entrare, si alzò. «Mi preparo un caffè, lo vuoi anche tu?» chiese azionando l'interruttore della macchina.

«Che cosa stai facendo?» Indicò il tavolo.

«Sto cercando di ricostruire i movimenti degli ultimi tre mesi. Prendi un caffè?» ripeté.

«No, grazie. Vuoi che ti aiuti?»

«Non serve, devo soltanto verificare gli assegni del tuo conto che ho firmato io e fare la somma di quanto ti devo restituire.»

«Linda, per amore del cielo, lascia perdere.» Spostò una sedia e si sedette.

«Non voglio conti aperti tra noi. In senso metaforico e non.» Mise la tazzina sotto l'erogatore e fece scendere il caffè.

«Pensi che tra un mese o tra un anno ti manderei un sollecito per la restituzione?»

Linda bevette il caffè e mise la tazzina vuota nella lavastoviglie. Poi si sedette anche lei. «So bene che sei un signore, ma a mio modo lo sono anch'io. Non mi va che sia tu a pagare la giacca a vento di Francesco o il dentista di Carlotta, tanto per citare gli ultimi soldi che ho prelevato dal tuo conto.»

«Come sta Carlotta?»

«Sara mi ha telefonato poco fa, e stava ancora dormendo. Sono rimaste alzate a parlare fino alle quattro.»

«Io ho voluto davvero bene ai tuoi figli, Linda.»

«Lo so. E credo che un giorno sarai un ottimo padre.»

«Piantala con questi conti. Sono ben lieto di aver pagato la giacca a vento di...»

«Non posso accettare.» Scosse malinconicamente la testa. «Però, tirando le prime somme, salta fuori una fortuna: ti restituirò tutto con la liquidazione.»

«*Liquidazione*?»

«Non penserai che io rimanga a lavorare all'agenzia!»

Era un problema che in effetti lui stesso si era posto e aveva immediatamente accantonato. «Non posso neppure pensare che tu rimanga disoccupata» ribatté pronto.

«Spero che Giovanni Loi possa darmi una mano. L'idea mi è venuta stanotte, mentre stiravo e mi spaccavo la testa cercando di trovare una soluzione. Intendo chiedergli un appuntamento oggi stesso. Coi tempi che corrono trovare un lavoro non è facile, ma Giovanni mi conosce e sa che nel nostro settore so cavarmela piuttosto bene.»

«Egregiamente» rettificò lui. Si accorse di averlo detto in tono amaro e subito aggiunse: «Per la mia agenzia rinunciare a te sarà una grossa perdita».

Il fatto che Linda desse per scontata la loro rottura e stesse già programmando la sua vita senza di lui lo sollevava enormemente. Ma la facilità con cui lo stava facendo lo irritava suo malgrado profondamente. Era persino offensiva.

«Stamattina, al telefono hai detto che questa casa non ti è mai piaciuta» si ritrovò a dire. Non c'entrava niente con il loro discorso e coi suoi stessi pensieri, ma d'un tratto capì che dalle sei del mattino rimuginava su quella frase.

Linda sospirò. «Non l'ho mai sentita casa mia... Sono stata bene soltanto in questa cucina. Guardavo il quadro delle mele e mi dicevo che, se erano felici loro, potevo esserlo anch'io.» Nel suo sguardo guizzò il lampo di un sorriso che subito si spense. «Qualche volta avvertivo un senso di provvisorietà che mi faceva star male. Avrei voluto scappare, ma mi sentivo in gabbia. *Questa casa* era la gabbia. E la lascio senza alcun rimpianto.»

«La verità è che non hai mai creduto a noi due insieme! Non hai mai fatto progetti per il nostro futuro, mai investito un minimo di fiducia e di buona volontà per fare funzionare la nostra storia!» Matteo proruppe incapace di controllarsi.

«*Sì e no*» Linda gli rifece sarcasticamente il verso. «Quelle tre paroline pronunciate ad Antibes, davanti a tutti, hanno segnato l'acme della mia insicurezza e della mia crisi di identità: dovevo considerarmi la tua donna o la tua amante? Un oggetto d'amore o una fiamma agli ultimi guizzi? E tu stavi lottando per noi due oppure eri in procinto di disfarti di me? Non riuscivo a darmi le risposte.»

«Perché non le hai chieste a me?»

«Avevo troppa paura che le conoscessi.» Lo guardò irosamente negli occhi. «Lo sai da quanti mesi sei tetro, sfuggente e coi nervi pronti a saltare? Lo sai da quante notti mi giro dall'altra parte per non vedere la tua faccia infelice di ragazzo giovane e bello travolto da insolito destino?»

«Nessuna donna potrà rendermi infelice quanto hai saputo fare tu.»

«Ne sono certa. Ti ho fatto faticare e dannare, però adesso hai imparato a schivare le procelle... Come si suol dire, sono stata la tua nave scuola.»

«Mi hai tolto i coglioni! Mi hai depersonalizzato e fatto sentire il più miserabile degli uomini!»

Linda restò imperturbabile. «Passerà. E quando ti sarai ritrovato in tutto il tuo fulgore, avrai imparato anche che non si deve mai disubbidire alla mamma. Le madri prevedono tutto e hanno sempre ragione.»

L'ira stravolse il viso di Matteo. «Vuoi il gioco duro? Tu non sei stata la mia nave scuola, ma la tomba di una parte della mia vita che nessuno mi restituirà più! In quindici mesi il ragazzo *giovane e bello* è diventato come un cinico sessantenne. Non voglio più avere una moglie, dei figli, delle responsabilità e dei problemi, perché *tu* mi hai messo di fronte alla mia inadeguatezza. Dio sa quanto ti amavo e quanto avrei voluto aiutarti... Ma tu hai avuto *sempre* gli occhi chiusi. Non hai mai visto quando desideravo fare l'amore con te, parlare con te, stare solo con te, risolvere i problemi al posto tuo, tentare di fare da padre ai tuoi figli.»

Fece una breve pausa e abbassò la testa. L'ira era sparita e si sentiva soltanto maledettamente triste. «Quando ci siamo messi insieme avevo solo trent'anni, Linda, e questa è una realtà che non si può negare. Frequentavo senza impegno una ragazza, avevo molti amici, il tennis, il teatro, il cinema, i fine settimana in montagna. Non mi sono mai sentito un martire per avere rinunciato a tutto questo, sia chiaro, anche se talvolta mi chiedevo perché a noi due fosse *impossibile* fare qualcosa insieme. E il cielo mi fulmini se una sola volta in tutto questo tempo mi sono chiesto se i tuoi problemi fossero troppi oppure se tu fossi troppo vecchia per me. Non ha funzionato perché tu hai eretto un muro tra noi: io da una parte a cercare di abbatterlo, tu dall'altra a sentirti *provvisoria* e in gabbia.»

Alzò la testa e il cuore gli si strinse. Linda lo stava guardando, le lacrime scendevano silenziosamente sul suo volto desolato. «Mi dispiace, Matteo. Soltanto adesso capisco quello che ti ho fatto. E purtroppo non c'è rimedio.»

«Ho le mie colpe anch'io. Forse dovevo scavalcare il muro invece di abbatterlo. Oppure gridare forte quanto ti amavo invece di starmene tetro e muto a dare colpi.»

Lei gli sorrise tra le lacrime. «Se non altro, adesso ci siamo detti tutto.»

Linda telefonò quel giorno stesso a Giovanni Loi chiedendogli un appuntamento: si trattava di una cosa personale, precisò. Il tono della sua voce dovette colpirlo, perché l'impresario rispose che poteva andare da lui quando credeva, anche subito.

Senza giri di parole, e con grande franchezza, Linda gli disse che la sua relazione con Matteo era finita e che continuare a lavorare nella sua agenzia sarebbe stato fonte di disagio e di problemi per entrambi.

Giovanni Loi prevenne l'esplicita richiesta dicendo che sarebbe stato felice di assumerla come sua assistente. «E non credere che ti faccia un favore» si affrettò ad aggiungere. «Tu hai esperienza, intuizione, cervello ed entusiasmo. E non bastasse, sei una cara amica di famiglia.»

Si lasciarono con l'accordo che lei lo avrebbe richiamato non appena pronta per cominciare il nuovo lavoro e lui le avrebbe consegnato personalmente il contratto da firmare. Accompagnandola all'ascensore, Loi disse che nel frattempo poteva contare su lui e sua moglie. «Di qualunque cosa tu abbia bisogno, saremo felici di aiutarti.»

Il primo dei problemi era stato risolto. Il secondo era trovare una nuova casa. Non troppo centrale perché non poteva permettersi gli affitti che venivano richiesti, non troppo periferica perché le avrebbe creato delle difficoltà logistiche con Francesco: quell'anno il piccolo avrebbe cominciato le elementari, e non poteva percorrere mezza città per raggiungere l'ufficio dopo averlo accompagnato a scuola. E inoltre Carlotta avrebbe vissuto l'estrema periferia e il dover cambiare scuola come un segno di degrado ed emarginazione.

Il mattino dopo andò in agenzia e chiese a Erminia di cercarle sul computer tutti gli appartamenti in zona semicentrale e con affitto non superiore alle ottocentomila lire dei quali avevano mandato di locazione.

Nando Casio, uno dei venditori, giunse alle loro spalle mentre Erminia premeva il tasto della stampante. «Da quando in qua ti occupi di affittanze?» chiese scherzosamente a Linda.

Lei rifletté qualche istante, e poi decise che quella era la migliore occasione per fare sapere quanto era accaduto. Ricambiò il sorriso di Casio. «Sto cercando una casa per me. Io e Matteo abbiamo deciso di separarci e, non appena avrò sistemato quello che ho in sospeso, andrò a lavorare con Giovanni Loi.»

«Mio Dio» esclamò Erminia, troppo stupita per aggiungere altro.

«Mi dispiace» fu il commento di Casio. «Mi dispiace per questa separazione, ma soprattutto perché eri una gran brava collega. Abbiamo sempre apprezzato che tu non ci facessi pesare il tuo legame con il principale. È una notizia ufficiale?»

«Siete i primi a cui lo dico, e non mi sembra il caso di fare annunci ufficiali... Quando capiterà l'occasione, lo dirò anche agli altri.»

Dieci minuti dopo lo sapevano tutti e fino all'ora dell'intervallo vi furono un ininterrotto andirivieni nel suo ufficio e un coro di "ci mancherai", "non è possibile", "ci dispiace". Fortunatamente Matteo era andato a visitare un cantiere e lei poté intrattenersi con i colleghi senza l'imbarazzo di sapersi guardata da lui.

Fu uno dei venditori, e proprio in quella mattinata, a risolvere il suo problema. Le disse che in quei giorni si sarebbe liberato un appartamento di tre locali più servizi all'ultimo piano del palazzo in cui abitava. «È in via Bellezza, poco distante da corso di Porta Romana. Proprio ieri» ridacchiò «la padrona ha chiesto se in via amichevole, e cioè senza mediazione, le potevo trovare degli inquilini affidabili.»

«È una zona signorile, e temo che l'affitto sia proibitivo per me...» Linda obiettò.

«C'è un bagno solo, le stanze da letto sono piccole e il soggiorno è attraversato da una canna fumaria che d'estate lo rende torrido imponendo l'installazione di un condizionatore d'aria. Se ci metto una buona parola, credo di riuscire a fartelo affittare a ottocentomila lire.»

«Sarebbe perfetto! Non puoi telefonare subito, prima che me lo portino via?»

«Agli ordini!» Tornò dieci minuti dopo. «La proprietaria ti aspetta lunedì prossimo per visitare la casa. Va bene per le ottocentomila al mese, però devi imbiancare e pulire a tue spese.»

«Lo farò, non c'è problema!»

«Ehi, vedi di non esibire tutto questo entusiasmo quando ti incontrerai con lei» le raccomandò.

«Ogni cinque passi una critica: mi atterrò alla ferrea regola dei clienti più furbi per far calare il prezzo.»

Seguendo il consiglio di Sara, Linda andò a visitare l'appartamento in via Bellezza portando con sé Carlotta e aspettò che fosse lei a dare il primo giudizio. All'inizio sua figlia si guardò intorno con una espressione di sufficienza e di sussiego, ma quando vide il grazioso gazebo tra i tetti, a cui si accedeva dal soggiorno, non poté celare un moto di piacevole sorpresa. La cauta approvazione divenne entusiasmo quando apprese casualmente che la professoressa di lettere, il suo idolo, abitava in un appartamento al secondo piano dello stesso palazzo.

«Prendiamolo, mamma!» Era più una preghiera che un consenso. Linda lasciò un assegno di un milione come caparra: il genero della proprietaria le avrebbe telefonato uno dei prossimi giorni per ulteriori accordi e per la firma del contratto.

Matteo suggerì a Linda di affidare i lavori di tinteggiatura, pulizia ed eventuali riparazioni al muratore che aveva a suo tempo ristrutturato l'agenzia. «È bravo, veloce e onestissimo» spiegò.

Linda lo ricordava molto bene. «È un'ottima idea» disse, cercando di scacciare la malinconia. La ristrutturazione, la polvere, il muratore che entrava, usciva e smartellava con la sua operosa famiglia... Erano anche loro dentro una parentesi che si era chiusa per sempre.

XXI

Restarono due settimane nella casa di corso Monforte. Al mattino Linda andava in ufficio per portare a termine tutto il lavoro che aveva in sospeso dandone via via tutti i ragguagli a Matteo, e al pomeriggio correva a casa per organizzare il trasloco. L'impresa consigliata dal muratore le aveva fatto recapitare appositi scatoloni e ogni due giorni un incaricato passava a prelevare quelli riempiti per portarne di nuovi.

Linda cominciò a inscatolare i libri, le stoviglie e i soprammobili che appartenevano a lei, incollando su ciascun contenitore una etichetta che ne indicava il contenuto. Alla sera, quando tornava a casa, Matteo riponeva le cose che gli appartenevano e che Linda gli faceva trovar ordinatamente ammucchiate e distinte. Gli oggetti personali, la biancheria e il vestiario da trasportare in un residence, e tutto il resto a casa di sua madre.

«Hai raggiunto il massimo dell'*ottimizzazione*» Matteo la prese in giro una sera.

«Ho avuto il migliore dei maestri» rise lei.

Alle otto facevano una pausa per la cena. Quando i piatti e le pentole furono imballati, cominciarono ad andare al ristorante o in pizzeria. Francesco si comportava da ometto, Carlotta sembrava la migliore delle figlie. Paradossalmente, in quel caos regnavano all'improvviso ordine e organizzazione: tutti trovavano tutto, gli orari venivano rispettati, ognuno dava una mano all'altro. In quegli ultimi giorni non vi furono né litigi né tensioni: era come se fossero scampati miracolosamente a un uragano e avessero d'un tratto scoperto il vero valore delle cose.

Un sabato sera, l'ultimo sabato che avrebbero passato tutti insieme, Carlotta si curvò a dare un bacio a Matteo, inginocchiato davanti a uno scatolone. «Buonanotte, lavoratore» gli disse allegramente. Era un gesto spontaneo che non aveva mai fatto prima. Linda fissò sorpresa la figlia mentre andava verso la sua stanza e scorse, con il cuore stretto, una luce di sofferenza e di paura nel suo sguardo.

Quella notte si rigirò insonne nel divano del soggiorno. La verità è che l'uragano non è ancora arrivato e siamo tutti spaventati, Linda pensò. Viviamo in punta di piedi e col fiato sospeso nella premonizione dell'imminente catastrofe, e siamo gentili e pietosi perché sappiamo che ci aspetta la stessa condanna.

Purtroppo per noi non esiste possibilità di grazia. Se restassimo insieme, dopo poche settimane o addirittura pochi giorni dimenticheremmo la solidarietà e la paura di questi giorni per piombare nuovamente nell'inferno delle incomprensioni e degli scontri. Io e Matteo riusciamo a parlare e persino a scherzare soltanto perché sappiamo che stiamo per lasciarci. Lui sa bene che, passato l'uragano, nella sua vita tornerà a risplendere il sole... E anche io in qualche modo sopravviverò, si disse in un soprassalto di orgoglio.

Ultimo giorno. I due addetti dell'impresa di trasporti passarono a ritirare i letti per portarli in via Bellezza e nella vecchia casa non rimase più nulla.

Alle cinque del pomeriggio Sara venne a prendere Francesco e Carlotta per portarli con sé: li avrebbe ospitati per qualche giorno affinché l'amica fosse più libera di organizzare e riordinare la nuova casa.

Stranamente, Sara non aveva fatto alcun commento sul terzo fallimento sentimentale di Linda. Si era limitata a raccomandarle di non entrare nella paranoia dell'abbandonata. «Avevate contro troppe cose, e nessuna donna al posto tuo ce l'avrebbe fatta.»

Forse il nostro errore è stato non lottare insieme, Linda pensò quando rimase sola. Cominciò a chiudere tutte le finestre lasciando aperta solamente quella del soggiorno, dove avrebbe aspettato l'arrivo di Matteo. L'appuntamento era per le cinque e mezzo: doveva consegnargli il suo mazzo di chiavi da rendere all'amministratore e le copie dei contratti per disdire le utenze di luce, acqua, gas e telefono.

Posò su un lato uno scatolone pieno di carta straccia e cose da buttare, vi si sedette e accese una sigaretta. È arrivato l'autunno e tra poco sarà inverno, pensò guardando la cima ingiallita di un albero attraverso la finestra. Abbassò lo sguardo e vide una macchia di caffè sul pavimento, dove fino a pochi giorni prima c'era stato il tavolo. Aveva ripulito tutto con cura, come era possibile che non se ne fosse accorta? E di quante altre cose non si era accorta?

Avevo gli amici, il tennis, il teatro lo sci...

Lei gli aveva tolto tutto senza rendersene conto. Non le era nemmeno sembrato strano che un uomo giovane e ricco come lui non praticasse uno sport, non frequentasse degli amici, non avesse alcun interesse all'infuori di lei. *Pensa a quello che Matteo ha tolto a te*. Niente, la mia vita era uno squallore. *Non è vero, era soltanto faticosa. Ma avevi autostima, entusiasmi, speranze. Guarda come ti sei ridotta: seduta su uno scatolone con il cuore a pezzi e circondata di cenere.*

Oddio, la cenere! Si alzò di scatto, la ammucchiò con le dita e la raccolse in un fazzolettino di carta. Poi tornò a sedersi e prima di accendere un'altra sigaretta costruì un rudimentale posacenere avvoltolando a cono un foglietto di carta che aveva nella borsa.

Guarda come ti sei ridotta. Lo so! rispose all'altra Linda. Ma voglio toccare il fondo dello squallore perché *mi consola* soffrire, perché il sentirmi sola, fallita e senza speranze mi aiuta a non pensare a lui. Soffro *per me*, e non per averlo perduto. E voglio che, ripensando alla nostra storia, l'infelicità di questi momenti mi faccia apparire minima la felicità che mi ha dato.

Le cinque e mezzo. Come guardò l'orologio sentì la chiave girare nella toppa. Matteo. Ricordando tutti i suoi ritardi, tutte le sere passate ad aspettarlo provò un rigurgito di rancore. Si alzò di scatto e andò davanti alla finestra. Non voleva vederlo mentre, con faccia compunta e spaccando il cronometro, si avvicinava per le esequie. Fissò l'albero ingiallito e udì i suoi passi allontanarsi. Trattenne il fiato. Sentì Matteo fermarsi, riprendere a camminare, fermarsi di nuovo mentre le porte delle stanze venivano aperte e richiuse.

Si staccò dalla finestra e andò a cercarlo. Era immobile davanti alla loro vecchia stanza da letto, illuminata da una lampadina che pendeva dal soffitto, e teneva un braccio puntato sullo stipite della porta, come a sostenersi.

«Sono qui» lo chiamò.

Lui annuì senza girarsi. «Dove sono i bambini?»

«Sono andati via poco fa con Sara.»

Matteo spense l'interruttore e si staccò dalla porta. Quando finalmente si voltò, Linda vide che aveva gli occhi lucidi. «Avrei voluto salutarli.»

«Vi siete salutati stamattina.»

«Quelli dei traslochi hanno portato via tutto...»

«Già. Fa una strana impressione questa casa vuota.»

«Avresti dovuto dirmelo fin dall'inizio che questa casa non ti piaceva, Linda.»

Lei si strinse nelle spalle, come a dire che non aveva più importanza.

«Mi sembrava grande, luminosa, adatta a noi. Appena l'ho vista me ne sono innamorato.»

Linda sorrise debolmente. «Ma con il nostro arrivo si è riempita di confusione e chiasso. E il tuo innamoramento è diventato...»

«Non avevo mai conosciuto tre persone disordinate come voi» Matteo osservò. Con tenerezza.

Per qualche istante rimasero in silenzio. Linda guardò l'orologio. «Si sta facendo tardi. Ho le chiavi e i contratti nel soggiorno, se vieni ti do tutto.»

Matteo la seguì. La vide aprire la borsa, estrarne una busta, allungare la mano verso di lui. Gliela afferrò e disse con una specie di gemito: «Che cosa ci è successo, Linda?».

Lei scoppiò in lacrime.

La busta cadde per terra e le braccia di Matteo la afferrarono e la rinchiusero contro il suo corpo. «Sono disperato» singultò. Linda chiuse gli occhi. «Anch'io.»

Sentì il cuore di lui battere forte. «Non ti ho mai desiderata tanto, Linda.»

Aprì gli occhi e lo guardò. Le labbra di Matteo si avvicinarono alle sue e lei pensò: se non mi bacia, muoio. Lui cominciò a baciarla. Scivolarono sul pavimento stretti l'uno contro l'altra, continuando a baciarsi, e Linda sentì una mano di Matteo sollevarle la gonna e indugiare sui suoi fianchi con una carezza tenera e lenta.

Quando entrò dentro di lei, si sentì struggere. È l'ultima volta, pensò. Si aggrappò alle sue spalle e inarcò il corpo verso il suo corpo in una frenesia sconosciuta. Matteo le prese il viso tra le mani e la guardò. Non l'aveva mai guardata con tanto amore. E poi le sue mani scesero a stringerla di nuovo, e diventarono una morsa attorno ai suoi fianchi. «Non posso perderti...» Matteo gridò, la voce rotta dalla sofferenza e dal desiderio.

Quando si staccarono, nella stanza era sceso il buio. Linda fu la prima a sollevarsi dal pavimento. «Dobbiamo andare» mormorò. Vide la busta per terra e la raccolse.

«Non posso perderti» ripeté Matteo trattenendola per un braccio.

Linda si liberò dolcemente, si alzò e andò ad accendere la luce. Poi tornò accanto a lui. «Ci abbiamo provato e non ha funzionato. Lo sai anche tu che non...»

«Possiamo riprovare!»

«Non potrei mai *riprovare* la malinconia, la rabbia e la frustrazione degli ultimi mesi. E nemmeno tu.»

«Abbiamo capito i nostri sbagli, Linda. E siamo cambiati.»

Lei sospirò. «Abbiamo capito soprattutto quello che abbiamo contro: la mia età, i miei problemi, i problemi dei miei figli, l'ostilità di tua madre, il nostro essere tanto diversi... E questo non cambierà mai, Matteo. Io non posso cancellare il mio passato o cercare di essere come non sono solamente per farti contento.»

«Non sei mai stata davvero felice con me, vero?»

«Neppure tu.»

Matteo la guardò affranto. «Era una storia più grande di me.»

Linda annuì. «Adesso dobbiamo andare.» Chiuse l'ultima finestra e gettò l'ultimo sguardo alla cima dell'albero che si stagliava contro il cielo ormai buio. Prima di uscire rimasero per qualche istante a guardare la casa vuota. Poi Matteo chiuse l'ultima luce e tirò la porta alle loro spalle.

Mentre erano in ascensore Linda aprì la borsa e gli porse la busta e il mazzo di chiavi. «Me ne stavo dimenticando.»

Uscirono in strada. «Sei qui con la tua macchina?» Matteo chiese.

«Sì.»

«Desidero rivedere i bambini, qualche volta. E anche te.»

Linda scosse energicamente la testa. «Ci farebbe soltanto male. A noi e a te.»

«Vorrei tanto riuscire a odiarti.»

«Anch'io.» Le lacrime le salirono agli occhi. «A tuo modo, sei stato perfetto.»

«Anche tu.»

«Le nostre perfezioni erano incompatibili, tutto qui» cercò di sorridere. Gli tese la mano. «Allora, ciao.»

«Eri unica. Non troverò mai più una donna come te.»

«E proprio questa sarà la tua fortuna.»

«Tu vuoi sempre l'ultima parola, eh, Linda?» Stava piangendo anche lui.

«Solo quando ho qualcosa da dire.» Gli girò le spalle e corse verso la macchina.

Mentre entrava nella nuova casa la portinaia la fermò. «È arrivato un pacco per lei e l'ho messo davanti alla sua porta» le disse.

Che roba è? Linda si chiese sollevando una specie di manico di scopa avvolto in una carta da pacco. Era una pianta di glicine. Linda scorse tra la carta un biglietto avvolto nel cellophan, con l'intestazione di un fiorista e lo aprì. *Da tanto tempo volevo chiederti perdono per la pianta di glicine che feci strappare dalla finestra del tuo vecchio ufficio.*

Linda lacerò il biglietto e lo buttò nella pattumiera. Poi

prese la pianta e scese nuovamente a pianterreno per cercare la portinaia. «Gliela regalo» disse porgendola alla donna.

Non ci sarebbe stata più una pianta alta e rigogliosa come quella che Matteo aveva estirpato. Lei non voleva più glicini, né ricordi, né richieste di perdono. È finita, disse rientrando in casa e andando a cercare le forbici per aprire il primo scatolone.

XXII

Antonio si fece inaspettatamente vivo l'antivigilia di Natale. Due brusche parole di saluto, poi: «Vorrei parlare con mia figlia».

Figlia? «Spiacente dovrai aspettare il due gennaio» Linda rispose imponendosi di non fare polemiche.

«Che cosa significa?»

«È appena partita per la montagna con una compagna di scuola e i suoi genitori, e ritornerà dopo Capodanno.»

«Volevo vederla, invitarla qualche giorno a casa mia!»

A quanto pare gli occorre una baby-sitter per le feste, Linda pensò acida. «Dovrai aspettare» ripeté. «Del resto, non hai dimostrato questa grande urgenza di...»

«Perdio, dove vi eravate cacciate? Ho saputo solamente per caso che hai cambiato abitazione!»

«Il mio nome è nell'elenco dei nuovi abbonati della Telecom, e il mio conto corrente è rimasto nella stessa banca e con lo stesso numero.»

«Ti ho fatto un bonifico ieri mattina. Non serviva proprio che facessi scrivere dall'avvocato» replicò offeso.

«La prima volta che dimenticherai di pagare gli alimenti per Carlotta andrò direttamente dai carabinieri. E con questo tanti saluti e tanti auguri per le feste.»

Ho fatto l'*en plein* di ex mariti, pensò riattaccando. Tre giorni prima si era rifatto vivo anche Fabio, per dirle che era stato convocato dal giudice minorile: una semplice formalità, la firma di un documento.

Linda ne era già stata messa al corrente: Fabio aveva a suo tempo ottenuto congiuntamente con lei l'affidamento di Francesco e con quel documento ribadiva sia di avere rinunciato a chiederne l'adozione sia la propria estraneità alla nuova vita del bambino. Fabio non le aveva nemmeno chiesto come stava Francesco: non c'era da stupirsi che fosse corso in gran fretta dal giudice per prenderne le distanze.

Al festival degli ex mancava soltanto Matteo. Due settimane dopo il loro ultimo incontro si era rifatto vivo con il patetico pretesto di chiederle alcune delucidazioni su un contratto. E mentre lei diligentemente gliele stava dando, l'aveva interrotta: non possiamo lasciarci da selvaggi, permettimi di rivedere i bambini, il nostro legame d'affetto non si può chiudere a comando come se fosse un rubinetto, mi mancate, anche se la nostra storia è finita io vi voglio bene...

Lei aveva replicato che Carlotta e Francesco dovevano abituarsi alla sua perdita; che rivedersi avrebbe creato soltanto amarezza e rimpianti; che il taglio netto era doloroso ma indispensabile come un'amputazione. E aveva malinconicamente concluso: "L'affetto che resta dopo l'amore è il più fragile: basta un amore nuovo per spazzarlo via".

Matteo aveva riattaccato brusco, borbottando qualcosa sui suoi sentenziosi luoghi comuni. E da allora era sparito.

Francesco entrò nella sua stanza. «Chi era al telefono, mamma?»

«Un geometra del cantiere.»

«Ah. Ho sentito che gridavi.»

«Aveva sbagliato dei conti. Perché non vai a finire le tue costruzioni?»

«Da solo mi annoio.»

«Finisco di vestirmi e poi ti porto a fare una passeggiata.»

«Uffa, sempre passeggiate.»

Non poteva sopportare la vista di quel visetto accigliato e triste. Si accovacciò davanti al figlio e lo prese per le spalle tentando di trasmettergli un poco di entusiasmo. «Senti, tu adesso mi dici un elenco delle cose che vorresti fare e le faremo insieme!»

«Tutte *tutte*?»

«Una alla volta. Forza, comincia dalla prima.»

«Possiamo andare a trovare Matteo e dirgli se viene a abitare in questa casa?»

Linda scosse la testa e gli diede un bacio sulla fronte. «No, piccolino, questo non possiamo farlo.»

«Perché no?»

«Matteo adesso abita in un'altra casa... Vedi, ai grandi succede di litigare e di lasciarsi...» *Smettila con i tuoi sentenziosi luoghi comuni.* «Però Matteo ti vuole molto bene» aggiunse in fretta.

«Io non ho mai *litigato* con lui, mamma. Eravate solo tu e Carlotta.»

«Lo so! Ma adesso passiamo alla seconda preferenza. Che cosa vorresti fare?»

«Andare a giocare a tombola e a aspettare Babbo Natale a casa di Massimo. La sua mamma mi ha *invitato*» precisò con una nota di orgoglio.

«Questo lo so.» Massimo era il nipotino di Giovanni Loi e sua madre aveva invitato anche lei a trascorrere insieme la vigilia. «Non preferiresti restare in questa casa con la mamma e con Sara?»

«Carlotta è andata in montagna e in questa casa non c'è *nessuno.* Anche il nostro albero è più brutto di quello di Massimo.»

«Posso aggiungere delle altre palline colorate e tanti festoni. Magari usciamo a comperarli adesso.»

Francesco scosse la testa e la guardò con aria quasi ostile. «L'albero di Massimo è più bello» ripeté.

Se le cose vanno male, non è giusto che il corpo debba soffrire: era l'allegra filosofia di Sara. Il pomeriggio del 24 dicembre Linda le preannunciò che "per loro due sole" non avrebbe preparato niente di speciale e disse che la sola idea di entrare in cucina le faceva tristezza. Sara, per tutta risposta, andò dal rosticciere sotto il suo studio e fece man bassa di tutte le prelibatezze rimaste.

«Prezzi da gioielleria e ricette di alta cucina» decantò più tardi, mentre sistemava il contenuto dei pacchetti nei piatti e nei vassoi da portata. Pretese che Linda, nel frattempo, apparecchiasse la tavola in modo adeguato. «Tovaglia natalizia, centrotavola e candele» precisò in tono di comando.

Al momento di sedersi per la cena, accese personalmente tutte le luci dell'albero. «Siamo solo noi due, ma ci meritiamo il meglio!»

Linda si sforzò di mostrare un minimo di entusiasmo per l'alta cucina del rosticciere e Sara fece finta di non accorgersi dei suoi sforzi.

«Smettila di lanciare occhiate al telefono» le disse quando furono al caffè. «L'ora di punta della debolezza e della tentazione è passata: chi resiste fino alla vigilia, di solito ce la fa anche a Natale e Capodanno!»

«Se ti riferisci a Matteo» Linda fece piccata «sai bene con quanta convinzione e con quanta forza gli ho chiesto di non chiamarmi più.»

«Era una *tua* scelta, e a darti tanta forza era la certezza di farla contro la *sua* volontà e i suoi sentimenti per te.»

«Che cosa vuoi dire?» Linda la aggredì.

«Eri certa che nel momento in cui ci avessi ripensato, lui sarebbe stato pronto a ricominciare. Ma ora che non hai più questa certezza e la tua scelta ti appare irrevocabile, ti senti con le spalle al muro e sei in balia di mille dubbi.»

«Credevo che per questi giorni di festa la brava psicologa si fosse messa in vacanza.»

«Linda, non sopporto di vederti vivere come un'anima in pena. Forse ti farebbe bene buttare fuori i tuoi dubbi e tutto quello che hai dentro.»

«Occupati dei fatti tuoi. Non sono una tua paziente e non desidero diventarlo.» Si alzò da tavola, accese il televisore e andò a sedersi nel divano di fronte.

Sara finì di sparecchiare la tavola, poi si sedette a sua volta di fronte a lei.

Linda distolse gli occhi dal teleschermo. «Mi aspettavo che, sbrigate le faccende, te ne andassi sbattendo la porta.»

«Le uscite plateali sono sempre state la tua specialità, amica. E poi non eravamo d'accordo che mi sarei fermata a dormire da te?»

«Scusami. Ho avuto una reazione da...»

«Non parliamone più. Ti interessa proprio quel documentario sulla moda cinese?»

«Gesù, no! È quello che stavo guardando?»
«Così fingevi.»
Linda sospirò. «In verità è molto peggio di quello che credi. Mentre proibivo con forza a Matteo di cercarmi, dentro di me speravo con la stessa forza che non mi ascoltasse. L'ho capito quando ha smesso di telefonare. E non mi arrovello in tutti i dubbi che pensi, ma in una sola certezza: con lui ho fatto solo sbagli.»
«Il più grave è stato esibire il peggio di te quando il vostro rapporto è entrato in crisi. Volevi dimostrare a te stessa che le cose non funzionavano soltanto perché lui non ti amava abbastanza.»
Linda annuì tristemente. «È vero...» La guardò per qualche istante. «Lo so che capire le persone fa parte del tuo lavoro, ma tu non hai mai conosciuto le idiozie e le sofferenze della passione... Insomma, come fai a capire anche tutto questo?»
Fu Sara adesso a sorridere tristemente. «Da dodici anni ho una relazione con un uomo sposato» disse con semplicità.
«Oh, no, non posso crederci...» Linda spalancò gli occhi. «E tu per dodici anni non mi hai detto niente? A me, alla tua migliore amica?» proruppe.
«Agli inizi mi sono vergognata, poi... Be', pure. È stata una storia trucida e sicuramente poco edificante: dopo esserci presi e lasciati mille volte, da otto anni abbiamo raggiunto la stabilità. Concordato tacitamente che lui non si separerà mai dalla moglie e i figli, anche se sono ormai baldi ventenni, la nostra relazione si svolge sui binari della massima chiarezza: alla famiglia l'ufficialità, le feste comandate, il senso del dovere e affetto quanto basta, a me la passione, l'amicizia, le vacanze rubate, i congressi a cui posso partecipare senza destare sospetti. Dimenticavo di dirti che lui è Domenico Malco, il famoso psichiatra.»
«Ma al tuo confronto è un vecchio!»
«Quando lo conobbi era un infelice e affascinante quarantacinquenne. Nel bilancio di ciò che mi dà va messa in conto anche la profonda gratitudine per avergli regalato i migliori anni della mia gioventù senza chiedergli nulla in cambio. Non guardarmi con quella faccia, Linda. In un cer-

to modo oggi sono felice. Come dice l'amico Freud, bisogna adattarsi al compromesso.»

«Avevi paura che gridassi allo scandalo o rompessi la nostra amicizia?»

«Predicavo bene e razzolavo male, Linda... Avresti potuto fulminarmi con una sola battuta. Devo dire» scherzò «che anche ignorando te la sei cavata egregiamente.»

«Sono esterrefatta...»

«Nel frigorifero c'è il tiramisù che ho preparato con le mie mani. Che cosa ne diresti di farlo fuori?»

«Mi è venuta fame!»

Tra un cucchiaio e l'altro Sara confessò a bocca piena: «Domenico è goloso di dolci, è per questo che sono diventata un'esperta.»

La confessione dell'amica servì a spezzare l'ossessiva concentrazione di Linda sui propri errori e a ridimensionare la propria infelicità. Ho ottenuto l'adozione di Francesco, ho l'amicizia di Sara, Carlotta ha smesso di crearmi problemi, guadagno un ottimo stipendio, ho una casa confortevole e mi mancano ancora tre mesi per compiere quarant'anni... Signore Iddio, come oso lamentarmi?

Ogni sera, infilandosi nel letto, guardava il quadro delle mele felici. L'aveva appeso nella sua stanza, ("*mamma, risparmiaci l'orribile visione...*") e le sembrava che le mele sorridessero ammiccanti e serene: hai visto? Tutto passa, tutto va avanti...

D'un tratto realizzò anche l'immensa fortuna che aveva avuto trovando un posto nell'impresa di Giovanni Loi. E nelle settimane che seguirono allo scrupolo aggiunse l'entusiasmo. Le piaceva accompagnarlo a visitare i terreni da acquistare o le case da ristrutturare, esaminare con lui i progetti, fissare gli appuntamenti più importanti, andare sui cantieri, controllare le offerte e i conti dei fornitori. La inorgogliva che le sue osservazioni e i suoi giudizi fossero tenuti in così grande conto. E apprezzava profondamente il rapporto di amicizia che si era creato con tutta la famiglia Loi. Trascorrevano spesso le domeniche insieme, qualche sera andavano al ristorante o al cinema, Anna le telefonava ogni giorno in ufficio o a casa per fare due chiacchiere.

Con grande tatto, non le parlava mai di Matteo. E Giovanni Loi aveva fatto in modo di evitarle ogni possibilità di incontro o di contatto con lui.

All'arrivo della primavera, Linda si sentiva ormai guarita. «*Convalescente*» rettificò Sara. «C'è ancora il pericolo del soprassalto di amarezza o di rimpianto.»

Purtroppo non sbagliava. Un sabato mattina Linda stava trapiantando i gerani nelle fioriere del gazebo quando Carlotta la raggiunse e cominciò a girarle intorno con l'aria immusonita e irrequieta dei giorni peggiori.

«Fuori il rospo» cercò di sdrammatizzare.

Dopo molti "non ho niente", "lascia perdere", "non so se faccio bene a dirtelo", Carlotta sbottò d'un fiato: «Ieri sera ho visto al cinema Matteo con una ragazza. Le teneva il braccio sulle spalle».

Prima o poi doveva succedere, non l'hai sempre saputo? Diede un buffetto sulla gota della figlia. «Pensavi che Matteo si rinchiudesse in convento? È naturale che ricominci a frequentare qualcuna. Era una bella ragazza, almeno?»

«L'ho vista solo di schiena prima di uscire in gran fretta. Con quei capelli neri e lunghi sembrava la signora Addams.»

Isabella è bionda, pensò istintivamente: dunque, non è corso a farsi consolare da lei. *E a te che te ne frega? Cambia qualcosa*? Linda sorrise alla figlia. «Vista di fronte, magari somiglia a Claudia Koll.»

«Davvero non ti importa niente, mamma?»

«*Davvero.*»

Guardò sua madre con espressione speranzosa. «Sara mi ha detto che l'altra sera siete andate a cena con il fratello di Giovanni Loi e che è molto simpatico. Ti piace?»

Suo malgrado le venne da sorridere. Stavolta sul serio. «Giorgio vive a Roma, è sposato e ha una ventina d'anni più di me!»

«La mamma di Massimo ha detto che si sta separando. E poi l'età non conta.»

«Ehi, bambina, che cosa ti sei messa in mente? Io ho voi, e per il momento non chiedo altro.»

Quella notte, per la prima volta dopo quattro mesi, non riuscì a prendere sonno. Si è consolato presto, pensò amara.

Ha una nuova ragazza. *Credevi che vivesse nel rimpianto di quel bagno di noia che sono stati i vostri quindici mesi*? La voce, beffarda.

Due sabati dopo arrivò la nuova mazzata. Era appena tornata a casa dopo aver accompagnato Francesco dall'amico Massimo e Carlotta dal parrucchiere quando suonò il campanello. Andò ad aprire e si ritrovò di fronte Natalina: piccola, brusca, gli occhi chiarissimi penetranti come due spilli. «Il vizio ti è rimasto, non mi fai entrare?»

«Mi scusi.»

Prima che si spostasse, fu lei a spingerla da una parte per entrare. Si guardò intorno. «L'altra casa mi piaceva di più.»

«Era più centrale, più grande...» convenne gentilmente.

«E allora perché l'hai cambiata?»

«Io e Matteo ci siamo lasciati, lo saprà di certo.»

«Stai cucinando?»

«No, sono appena tornata. Perché non si accomoda, signora?»

«Chiamami Natalina. Sono stata seduta fino a adesso.»

Linda si sentì a disagio come da tempo non le succedeva. Era obiettivamente imbarazzante stare davanti alla porta d'ingresso con la vecchia tata di Matteo che rifiutava di sedersi e continuava a guardarla come se lei fosse una carta stradale o un orario ferroviario. «Posso fare qualcosa, Natalina?»

«Io non ho bisogno di niente. Mi dispiace che è finita» borbottò.

«Anche a me. Spero che almeno la madre e la sorella di Matteo, saranno contente» non poté impedirsi di dire.

«Contente, scontente... Che c'entrano loro con la vita di Matteo? Mica lo possono sposare e farci dei figli!» Si curvò a raccogliere un pezzo delle costruzioni di Francesco. «Adesso Matteo esce con una ragazza che si chiama Lucia» disse rialzandosi. «Non mi va per niente, e nemmeno Marina e Marta, le due che aveva prima di lei. Tu invece mi piacevi *molto*. E mi piaci ancora.»

«Purtroppo io e lei non ci possiamo sposare e fare figli.»

Marina, Marta, Lucia... praticamente un harem! la irrise la voce.

«Non fare la spiritosa con me, Linda. Se lo chiami, forse ritorna da te di corsa.»

«Non lo farò mai!» gridò quasi.

«Sotto l'orgoglio l'erba non cresce» Natalina sentenziò lanciandole un'occhiata di disapprovazione. «Io ti ho avvertita prima che sia tardi. Matteo vuole lasciare quella specie di albergo e sta cercando una casa. E vuole vendere anche l'agenzia. Quando gli scapoli fanno tanti cambiamenti c'è sempre dietro una donna» sentenziò ancora.

Vuole vendere l'agenzia? «Questa donna non sono sicuramente io, Natalina.» Inspirò profondamente, cacciò fuori il respiro e le sorrise, «Detto tra noi, c'è un uomo nuovo anche nella mia vita.»

Questa è bella! E da quando? chiese la voce.

«Siete proprio due cretini. Pazienza, questa volta sono proprio venuta per niente.»

Giovanni Loi le confermò quello che aveva detto Natalina. «Ho visto Matteo tre giorni fa, per lavoro, e te ne avrei senz'altro parlato. Gli hanno proposto di tornare alla sede centrale della sua banca come capo dell'ufficio legale e lui intende accettare. Ha trovato un compratore per lo stabile dell'agenzia e ha proposto a me di rilevare il personale e la licenza.»

«*A te*? Ma tu hai una impresa di costruzioni, non di...» Si interruppe di colpo. «Scusa se non ho capito! Disponendo di una struttura di compravendita *nostra*, oltre a risparmiare sulle mediazioni potremmo guadagnare dei soldi. Di sicuro non ci rimetteremo.»

«Brava. Vorrei trasferire l'agenzia nel nostro palazzo, utilizzare le due impiegate anche per l'impresa e fare spostare i venditori nei vari cantieri. Matteo sta facendo fare dei conti al suo commercialista: tutto dipende dalla cifra che chiede.»

Linda lo guardò. «Secondo te, perché vuole smettere l'attività? L'agenzia era decollata, e fino a settembre gli affari andavano piuttosto bene.»

«Credo che voglia tagliare i ponti col passato, Linda.»

Tu non ci riuscirai mai, disse la voce. Lo capì nei giorni seguenti: vivere senza Matteo stava diventando infinitamente più doloroso che vivere con lui. Le capitava spesso di ripetersi i versi scritti da una dama di corte giapponese vissuta ottocento anni prima. *Non è niente / solo il tuo amore stretto / che si è chiuso per sempre. / Eppure quando mi fermo / il rumore dei ricordi / giunge alla punta del mio cuore / e mi fa sobbalzare l'anima.*

Così si sentiva lei. E cercava di non fermarsi mai per paura di quel rumore.

Epilogo

Tutto possiamo tentare di ostacolare e determinare, all'infuori di quei pochi istanti che capricciosamente decidono il nostro destino.

Denis Diderot

XXIII

Esistono ancora le ragazze fatue e cretine?, Matteo si chiese mentre Lucia, seduta al ristorante di fronte a lui, gli faceva la spiritosa descrizione dei rapporti di sua madre con la colf senegalese. Stavano aspettando i taglierini dello chef quando lui le aveva detto chiaramente che non si sentiva ancora pronto per vivere nella stessa casa, ed eccola al dessert chiacchierare e scherzare già padrona delle proprie emozioni.

Lucia aveva intelligenza e stile. E anche le altre due o tre ragazze con cui era uscito qualche volta si erano rivelate molto in gamba. Per non parlare di Isabella: era stata la prima a girare alla larga dopo la sua rottura con Linda, spiegandogli con franchezza che il ruolo di scontata consolatrice avrebbe umiliato lei e acuito il rimpianto di lui.

Vanamente Matteo aveva tentato di convincersi che Linda era *unica*: il dover prendere atto che esistevano donne intelligenti, affascinanti, e degne quanto lei l'aveva depresso anziché rincuorarlo. Perché non riusciva a sentirsi emotivamente coinvolto da loro? I primi tempi non ci aveva nemmeno provato: superato il momento peggiore, si era ributtato nella vecchia vita con lo stato d'animo del detenuto che esce dal carcere. Diceva sì a tutti gli inviti, si estenuava sui campi da tennis, andava a vedere tutti i film in prima visione, aveva ripreso a sciare: più che il fare queste cose, lo stimolava il senso di libertà che ne traeva. Poteva entrare, uscire, decidere, cambiare idea in qualunque momento e senza doverne rendere conto a nessuno. Stava bene persino nel microscopico appartamento del residence. Pagava un extra, e mani anonime provvedevano a farglielo trovare alla sera pulito e in perfetto ordine. Non esistevano orari, né regole, né richieste di aiuto, né bruschi risvegli.

Quel bagno di libertà e di euforia era durato fino a Natale. Il 23 dicembre era partito per Cervinia e vi era rimasto sino al 3 gennaio per non essere coinvolto negli insopportabili rituali di cene, pranzi, scambi di doni e nel clima di artificiosa festosità di quei giorni. Al ritorno, la smania di uscire e di frequentare gli era passata: appurato di poterlo fare come e quando lo avesse desiderato, quella vita di scapolone gaudente gli appariva piuttosto vacua e noiosa.

Una sera, accingendosi ad azionare la leva per trasformare il divano in letto, anche il confortevole appartamentino gli aveva causato un improvviso rigetto: non posso continuare a restare in questa imitazione di casa, si era detto, osservando con occhi diversi le stampe sui muri, il finto persiano, il similsoggiorno che di lì a qualche istante sarebbe diventato un angolo per dormire. Non posso nemmeno continuare a vivere *contro* il ricordo di Linda e per demolire i quindici mesi trascorsi insieme, si era detto ancora. Ho bisogno di trovare una casa e di una donna: lei era unica, ma deve pur esistere un surrogato accettabile.

«Matteo, sto parlando con te.» Lucia gli agitò una mano davanti agli occhi. «Dove sei?»

Le sorrise. «Sono qui.» Dopo Marina, Marta e Laura era approdato a lei. Perché non riusciva ad amarla?

«Lo dici come se preferissi essere altrove. Non devi fartene una colpa, Matteo.»

«Mi dispiace per la casa. Era quella che cercavamo, ma al momento di firmare il contratto non ce l'ho fatta.»

«Ci siamo incontrati troppo presto: a me dispiace soprattutto questo.»

«Non sono pronto per un'altra convivenza, ma questo non significa che dobbiamo lasciarci. Tu mi...»

«Ho bruciato la mia possibilità, Matteo.» Allungò una mano e gli accarezzò il viso. «Nemmeno io voglio lasciarti, ma prima o poi sarai tu a farlo perché io sono ormai fuori gioco: nel confronto con Linda sono risultata perdente e toccherà a un'altra riprovarci.»

Una mattina, mentre parcheggiava la macchina nell'area del vecchio giardino che aveva circondato l'agenzia, Matteo scorse un getto di foglioline verdi esplodere dal mozzicone rinsecchito d'un tronco. Il glicine di Linda, pensò con una stretta al cuore.

Devo vendere l'agenzia. Gesù, da quanti mesi trascorreva le giornate con il suo fantasma? Da quanti mesi entrava in ufficio distogliendo istintivamente lo sguardo dalla sua scrivania vuota e vietandosi per tutto il giorno di notare quanto vuota fosse quella stanza senza di lei? *Devo vendere l'agenzia*, si ripeté.

Nei giorni seguenti avrebbe sicuramente accantonato quell'idea, all'atto pratico purtroppo irrealizzabile, se d'un tratto gli eventi e il caso non si fossero uniti per guidarlo verso quella strada e per rimuovere tutti i problemi che ne ostacolavano il percorso.

La direzione generale della banca in cui aveva lavorato come legale lo convocò per un colloquio: senz'altro per una svista o un errore del computer, in quanto certamente non l'avrebbero convocato sapendo che dopo le dimissioni aveva rilevato l'attività paterna. Matteo cestinò la raccomandata e certamente non si sarebbe presentato se quel giorno non si fosse trovato nel palazzo accanto per visitare due appartamenti. Stava dirigendosi verso il parcheggio quando ricordò casualmente l'invito. Fece dietrofront ed entrò in banca: dopotutto, sentire che cosa volevano non gli costava niente.

Seppe che cercavano un nuovo responsabile dell'ufficio legale. La direzione lo convocò nuovamente due settimane dopo, quando non ci pensava più per annunciargli che, dei due candidati rimasti in lizza, lui era stato il prescelto.

Probabilmente avrebbe rifiutato il posto se il giorno prima una piccola azienda di Cesena che produceva e commerciava bambole non si fosse rivolta all'agenzia Morelli per trovare una nuova sede a Milano: in zona centrale, possibilmente in uno stabile autonomo, per un costo di circa un miliardo.

Matteo ebbe la folgorazione mentre il capo del personale gli consegnava la bozza del contratto: sembrava la descrizione della palazzina di via Porpora!

Chiese alla banca una settimana di tempo per decidere e si mise immediatamente in contatto con l'azienda di Cesena. Il proprietario venne a Milano per visitare lo stabile e se ne mostrò entusiasta. Accettò anche di pagare cento milioni in più rispetto alla cifra preventivata. Prima di vendere la palazzina, Matteo doveva però risolvere un altro problema: trovare chi rilevasse la società con tutto il personale e le relative licenze.

Il susseguirsi di circostanze fortunate e l'eccitazione di sapersi vicino alla realizzazione del progetto lo avevano portato a quello stadio di sicurezza che rende inarrestabili, spericolati e creativi. L'idea gli venne quasi naturalmente: Giovanni Loi. Perché non fare la proposta a lui?

In quelle settimane era stato talmente concentrato nelle trattative e nei colloqui di lavoro da non pensare ad altro. Persino il ricordo di Linda sembrava non fare più male. *Sono guarito* si disse una mattina, incredulo. Ma un paio di sere dopo andò al cinema con Lucia e il passato gli ripiombò addosso. Alla fine del primo tempo stava alzandosi per andare a fumare una sigaretta quando vide Carlotta infilarsi, correndo, verso l'uscita inseguita da un ragazzo. Rimase inchiodato al suo posto chiedendosi perché mai dovesse stare tanto male.

Quando cominciò il secondo tempo tolse il braccio dalle spalle di Lucia e sino alla fine del film pensò a Francesco e a Carlotta ricostruendo quindici mesi di risate, strilli, musi, giochi, liti, porte sbattute, abbracci. Provò una sensazione di perdita che gli tolse il fiato.

«I soliti fantasmi?» Lucia chiese quando uscirono dal cinema.

«No. Stavolta ho visto una persona in carne e ossa.»

Più tardi, quando la salutò davanti al portone di casa, entrambi sapevano che non si sarebbero visti più.

La domenica dopo Matteo andò a pranzo da sua madre: era arrivata Paola da Roma e non poté rifiutare l'invito accampando i soliti pretesti. Sua sorella, forse perché non la vedeva da mesi, gli sembrò più sopportabile del solito. A un certo punto buttò lì: «So che frequenti una ragazza. Perché non venite a Roma a trovarmi?».

«Ci siamo lasciati.»

Sua madre si strinse nelle spalle. «Peccato. Mi sembrava la ragazza giusta per te.»

«Non credo che questa ragazza esista» Matteo replicò tetro.

La vecchia Paola riemerse in tutta la sua saccenza. «Senti, fratello, non puoi trasformare la tua e la nostra vita in una veglia al morto! Se la tua Linda era la compagna del sogno, perché non te la sei tenuta? E se adesso stai tanto male, perché non corri in ginocchio da lei?»

Natalina scaraventò sul tavolo il vassoio dell'arrosto e disse d'un fiato: «È troppo tardi, lei ha trovato un altro.»

L'ira di Matteo si trasferì sulla tata. «Che cazzo dici? Che cosa ne sai tu di...»

«Coi maleducati io non parlo. Se vuoi sapere qualcosa, mi chiedi per piacere.»

Paola guardò la madre e si batté un dito sulla tempia come a dire che Natalina ormai sragionava.

Natalina intercettò il gesto. «Se volete le patate e l'insalata, andatevele a prendere in cucina» disse offesa. «La pazza se ne va.»

Matteo la raggiunse nella sua stanza. «*Per piacere*, Natalina, vuoi spiegarmi quello che hai detto di Linda?»

«L'hai sentito, no? Ha un altro uomo! L'altro giorno sono andata a trovarla nella sua casa nuova, e me l'ha detto. Linda è gentile, è bella, sa cucinare, tiene la casa un po' in disordine ma si vede che non è sporco vecchio, è brava in ufficio, vuole bene ai figli...» Riprese fiato e concluse in tono solenne: «È chiaro che una donna così tutti la vogliono!»

Matteo tacque qualche istante. «Perché sei andata a trovarla?»

«Perché volevo vedere coi miei occhi la donna che stava con te. La prima volta sono andata a trovarla nella vostra ca-

sa di corso Monforte» disse con l'orgoglio di una bambina.
«Linda non me l'ha mai detto...»
«Me lo aveva promesso. È una ragazza di parola.»

Giovanni Loi gli telefonò dicendogli che in linea di massima era interessato a rilevare l'attività dell'agenzia e il personale: rimasero d'accordo che Matteo lo avrebbe messo in contatto con il suo commercialista.
«Come sta Linda?» buttò lì prima di riattaccare.
«Bene, bene» fu l'evasiva risposta.
Matteo raccolse tutto il suo coraggio. «Ho sentito che frequenta qualcuno.»
«È possibile.» Di nuovo evasivo.

Un pomeriggio, all'inizio di giugno, Matteo vide dei bambini uscire vocianti da una scuola e avvertì di nuovo una desolante sensazione di perdita. Il pomeriggio dopo salì in macchina e andò a piazzarsi davanti alla scuola di Francesco. Lo riconobbe immediatamente in mezzo agli altri bambini: la vista dei suoi riccioli scuri e del suo giubbotto giallo e blu gli trafisse il cuore.
Francesco si fermò qualche istante e poi corse a braccia aperte verso un uomo che lo sollevò per aria e lo fece dondolare prima di rimetterlo a terra. Era un uomo non giovanissimo, alto e con una Lacoste azzurra. Prese il bambino per mano e lo guidò verso una macchina parcheggiata poco distante. Era la Mercedes di Giovanni Loi. E quell'uomo, chi era?

Il mattino dopo, Matteo andò nello studio di Sara e dovette aspettare fino a mezzogiorno per essere ricevuto.
«Ho solo cinque minuti prima del prossimo appuntamento» lei gli disse con vaga aria di rimprovero. Dopo la rot-

tura con Linda lo aveva pregato di non telefonarle e di non chiederle consigli ("faccio purtroppo parte del pacchetto che hai perduto con lei").

«Sara, aiutami» proruppe.

«In cinque minuti?»

«Dimmi soltanto che cosa posso fare per riavere Linda e i bambini.»

Sara scosse la testa. «Lascia perdere. Come hai detto giustamente, era una storia più grande di te.»

«Adesso non più. Sono cresciuto e non mi spaventerei nemmeno se Linda avesse dieci figli.»

«Mi ha sempre colpito la vostra grandiosa noncuranza di ogni limite, ma fortunatamente Linda non si è spinta così oltre.» Sara accennò un sorriso.

«Le cose che mi impaurivano e mi irritavano sono quelle che oggi rimpiango di più. Odio i pavimenti senza i pezzi di Lego sparsi, gli armadietti senza impronte, i divani sprimacciati, i tubetti di dentifricio chiusi...» Gli si incrinò la voce. «Mi mancano i bambini, il loro chiasso, le loro liti. In questi mesi ho provato a vivere come prima, ma la vita vera era quella.» Aveva le lacrime agli occhi.

«I cinque minuti sono scaduti» Sara disse ruvida.

«Non vuoi aiutarmi?»

«Maledizione! È da un mese che sto facendo la ruffiana per spingere Linda tra le braccia del fratello di Loi e adesso dovrei darle uno strattone per tirarla indietro? Ti immaginavo tornato libero e bello alla tua vita, e adesso devo credere a quello che dici? Ho bisogno di tempo! Non ho doti paranormali per capire all'istante quello che è bene o male, giusto o sbagliato!»

Matteo la ascoltò in silenzio. Alla fine disse: «Non dovevo venire da te. Se voglio Linda devo combattere da solo. E puoi giurarci che stavolta non scapperò come un coniglio.» Le girò le spalle e uscì senza salutarla.

Il maledetto ascensore non arrivava. Matteo, spazientito, cominciò a scendere le scale a piedi. Era giunto alla seconda rampa quando l'infermiera, sporgendosi dalla ringhiera, lo chiamò e gli fece cenno di fermarsi. «Ha detto la dottoressa che quello che cerca è in via Bellezza» disse ad alta voce.

Matteo alzò la testa per chiederle qualcosa, ma la riabbassò furioso e riprese a scendere le scale. Sara poteva almeno risparmiarsi il sarcasmo. Non era certo ricorso a lei per sapere che cercava Linda e che Linda abitava in via Bellezza...

Salì in macchina e tornò nel suo residence. Aveva bisogno di riflettere. *Doveva* esserci un modo per riconquistarla, e doveva trovarlo. Al più presto. E senza fare altri sbagli.

È da un mese che sto facendo la ruffiana per spingere Linda tra le braccia del fratello di Loi. Sdraiato sul divano, da due ore Matteo non faceva che ripensare a quella frase.

Ecco chi era l'uomo davanti alla scuola di Francesco. Vedeva le sue braccia alzarsi per sollevare il piccolo e immaginava quelle stesse braccia stringere a sé il corpo di Linda. *Basta*! Si alzò di scatto con il viso in fiamme. Non poteva più restare chiuso in quel buco soffocante, non poteva più tormentarsi fino a diventare pazzo.

Dove vado? Che cosa faccio? si chiese poco dopo, mentre girava a vuoto con la macchina attorno all'isolato. Al decimo giro vide uno spazio vuoto davanti a un bar. Parcheggiò ed entrò. La saletta era silenziosa e in penombra. Ordinò una spremuta d'arancia e quando il cameriere gliela posò sul tavolo distolse lo sguardo dalle sue braccia.

Linda mi ha dimenticato, pensò desolato. È naturale, le ho lasciato soltanto brutti ricordi. Per colpa mia ha persino rischiato di perdere nuovamente Carlotta... Ricordando l'orribile giornata in cui la loro storia era finita si chiese come aveva potuto comportarsi in modo tanto insensibile e ottuso. Perché ho aspettato che fosse lei a chiedermi aiuto? Dovevo aiutarla io. E invece sono stato nervoso, sgarbato, impaziente anche con i suoi figli. Darei l'anima per potere sollevare Francesco tra le braccia come ha fatto quell'uomo.

Basta. Stava impazzendo. Spostò il bicchiere, lasciò una banconota sul tavolo e tornò in macchina. *No, Linda non può avermi dimenticato*. Ripensò all'ultimo giorno nella casa vuota di corso Monforte, alla disperazione con cui si era aggrappata al suo corpo, alla passione con cui si erano amati.

Le braccia gli dolevano, aveva il collo irrigidito e gli occhi che bruciavano. Ma *non poteva* fermarsi, *non poteva* affrontare un'altra notte senza aver trovato il modo di raggiungere Linda. Forse poteva scriverle una lettera. O mandarle cento rose rosse, oppure...

Ha detto la dottoressa che quello che cerca è in via Bellezza. Quasi sbandò. Che razza di idiota era stato? Come aveva potuto pensare che Sara intendesse irriderlo? Quello era stato il consiglio di un'amica. Lui le aveva chiesto aiuto e all'ultimo minuto lei aveva deciso di darglielo: va' a cercarla a casa sua.

Girò la macchina e vi si diresse imprecando contro il traffico e i semafori. L'ultimo incrocio, e si ritrovò nella larga e tranquilla strada alberata. Ma, come vide il palazzo di Linda, tutta la sua sicurezza vacillò. Se l'avesse respinto, sarebbe stata la fine di tutte le speranze.

Forse devo aspettare, pensò rallentando. Forse è meglio una lettera... Si fermò davanti al palazzo di fronte.

D'un tratto vide il portone aprirsi e il cuore gli si fermò. Era lei. Per qualche istante rimase a fissare come ipnotizzato la macchia rossa dei suoi capelli, il suo collo lungo, le sue gambe slanciate.

La vide dirigersi a grandi passi verso il contenitore metallico dei rifiuti e solo in quel momento notò che da un braccio penzolava qualcosa di grande e leggero, come la tela di un quadro. Trattenne il fiato. Linda era quasi arrivata...

Balzò fuori dalla macchina e la raggiunse correndo. Aveva allungato un braccio per aprire la saracinesca del contenitore e lui glielo afferrò.

«Ah, sei tu» Linda disse con voce inespressiva. Non sottrasse il braccio alla sua stretta, non gli disse di andarsene, non parve né stupita né infuriata di vederlo dopo quasi dieci mesi di silenzio. Sembrava che non le importasse più di nulla.

Matteo abbassò gli occhi e tre mele gli sorrisero. Sollevate? Grate? Sicure che qualcuno sarebbe giunto all'ultimo minuto per riconsegnarle all'eternità?

Linda seguì il suo sguardo e liberò il braccio. «Stavo buttando questa orrenda crosta» disse con un sorriso sinistro.

«Non puoi! Sono le mele felici!» protestò ridicolmente.

Con un guizzo dell'antico orgoglio Linda gli porse la tela. «Se le vuoi, portale a casa tua.»

«Io non ho casa, Linda.»

«La loro felicità mi ha rotto le palle.»

«Non sei felice?»

«Non sono una mela.»

Respirò profondamente. «Fammi riprovare, Linda. Questi mesi sono stati un inferno.»

«Non si deve stare poi male: pare che adesso ci abbiano messo il cinema e le belle ragazze.»

«Ora sono certo che la mia ragazza sei tu.»

«Ho quarant'anni, due figli e i soliti casini.»

«Prendo tutto in blocco. Se non accetti, potrei morire.»

Linda scosse la testa. «Sto cominciando a venirne fuori adesso. E devo pensare alla mia sopravvivenza.»

«Io ti amo.»

«Anche io! Ma se tornassi con te ricomincerei a sentirmi spaventata e infelice... A chiedere aiuto a queste mele stronzine come una rimbambita o una pazza! Non posso riprovarci, Matteo. Non ha funzionato e non funzionerà mai.»

«Hai detto che mi ami?» Le sorrise.

«Accidenti a te, sì! Ma questo non cambia niente, i nostri...»

«Questo cambia tutto. Alla tua età non si hanno più le idee tanto chiare, e da ora in avanti il capofamiglia sarò io.» Prese la tela e aprì il contenitore. «Vuoi che la buttiamo? Sono certo che le mele stronzine non ti serviranno più.»

Linda lo fermò: «Sei pazzo? A questo punto è meglio che le tenga. Tanto per sicurezza...».

Indice

Parte Prima

Parte Seconda

Epilogo

BUR

Periodico settimanale: 18 maggio 2005

Direttore responsabile: Rosaria Carpinelli

Registr. Trib. di Milano n. 68 del 1°-3-74

Spedizione in abbonamento postale TR edit.

Aut. N. 51804 del 30-7-46 della Direzione PP.TT. di Milano

Finito di stampare nel maggio 2005 presso

il Nuovo Istituto Italiano d'Arti Grafiche - Bergamo

Printed in Italy

II 0120127052
S 00001062
IL RUMORE DEI
RICORDI
10°ED.BUR
NARRATIVA
MARIA
VENTURI
RIZZOLI
MILANO

RCS Libri

ISBN 88-17-20267-3